孤島の祈り

Soudain, seuls

Isabelle Autissier

イザベル・オティシエ

橘 明美 訳

集英社

孤島の祈り

第一部　向こう

二人は朝早く出発した。高緯度地帯の天候は気紛《きまぐ》れだが、それでも時おり好天に恵まれることがあり、今日はそんなすばらしい一日になりそうだった。ダークブルーの空は澄みわたり、その透明感は南緯五十度を超えなければ見られない独特のものだ。海にはさざ波一つなく、二人が乗ってきたジェイソン号は黒い水面に無重力状態で浮いているようにみえた。風がないのでアホウドリも飛べず、船の周りでのんびり水をかいている。

上陸用のゴムボートを砂利浜の上のほうまで引き上げてから、かつての捕鯨基地に沿って歩きだした。錆《さ》びた鉄板が朝日を浴びて黄土色や赤茶色に輝き、少しばかり陽気にみえる。だが放棄されたこの基地を今支配しているのは動物たちだ。それは人間が長いあいだ追いまわし、たたき殺し、腹を裂き、ボイラーに放り込んで煮てきた動物にほかならないが、今では彼らがここの主になっていて、巨大なボイラーももはや廃墟《はいきょ》の一部でしかない。瓦礫《がれき》の山を一つ回り込むたびに、朽ちた小屋のなかや、用済みのパイプ類のジャングルのなかに、用心深いペンギンやオットセイの群れ、ミナミゾウアザラシなどがくつろいでいるのが見える。二人はそんな動物たちから目が離せなくなり、ずいぶん長いあいだ見ていたので、ようやく谷を登りはじめたのは昼近くになってからだった。

「三時間はかかるぞ」と、ここに来たことがある数少ない人間の一人であるエルヴェが言っていた。この島では海岸沿いの低地を離れるとすぐに緑がなくなり、いきなり岩、断崖、氷河を頂く峰といった鉱物の世界になる。二人は足早に登りながら、不思議な色の石だの谷川の澄み切った流れだのに目を留めては、遠足に来た中学生のように歓声を上げた。最初の岩棚まで上がったところで、もう一度海を見ておこうとひと休みし、その眺めにため息をついた。海と空だけが広がる風景が言葉にならないほど美しい。黒っぽい崖に囲まれた湾が、今しがた吹きはじめた微風を受けて銀をかき混ぜたようにきらめいていて、その脇の捕鯨基地はオレンジ色の点にみえる。少し離れたところにぽつんと、二人の忠実なジェイソン号が翼を折り畳んで眠っていて、今朝見たアホウドリを思わせる。沖合には白と青の巨大な塊が日に輝いている。凪《なぎ》のときの氷山ほど平和なものはない。空には雲が大きなひっかき傷のように縞模様《しまもよう》を描いている。高度があるのか雲に影はなく、ただその縁を太陽が黄金に染めている。二人は時を忘れてこの眺めに見入った。たぶんそれが少し長すぎたのだろう。西の空が陰ってきたのを見て、ルイーズの頭のなかにクライマーならではの警戒信号がともった。

「もう戻ったほうがよくない？　雲が近づいてきてる」

ルイーズは明るく言ったつもりだが、不安がにじみ出ていた。

「冗談だろ。すぐそうやって気を揉むんだからな。曇ったら、涼しくてちょうどいいじゃないか」

リュドヴィックのほうも苛立《いらだ》ちを隠したつもりだったが、隠しきれなかった。正直なところルイーズの心配性にはうんざりしている。彼女の言うことを聞いていたら、そもそも二人はここに来ていない。こうして地球の果ての島に王のように君臨することはできなかった。船など決して買わなかっただろうし、思いきって大旅行に出ることもなかっただろう。ルイーズが言うとおり、確かに遠くのほうが少し暗くなってきたが、最悪でも雨に濡れるだけだ。これほどの大冒険ともなれば少々の犠牲は仕方がないし、そもそも二人が旅に出た目的はパリで陥っていた無気力状態から抜け出すことだったのだから、怖気《おじけ》づいてどうする。そう、そもそもはそれがきっかけだった。パリでの仕事は事実婚生活をおくる二人を心地よい惰性へと引きずり込み、そのまま人生の終わりへ運んでいこうとしていた。だがあるとき、このまま年をとったら六十歳で愕然《がくぜん》とし、結局自分たちはなにも体験しなかった、一度も全力投球しなかった、挑戦しなかったと後悔するに違いないと思い、あえて冒険に乗り出すことにしたのだ。そのときの気持ちを思い出しながら、リュドヴィックは努めて穏やかな口調で言った。

「例の〝凍った湖〟を見にいくチャンスは今日しかないぞ。地上にある氷の迷宮なんて、世界中どこを探してもないとエルヴェも言ってたじゃないか。彼が見せてくれたすごい写真を覚えてるだろ？　だからピッケルとアイゼンをもってきたんだし。まあ見てなって。まっさきにはしゃぐのはきみだよ」

リュドヴィックはルイーズの弱いところをうまく突いた。この島を選んだのも登山が好きな彼女のためだ。南極に近いのに山がちな島。大陸から遠く離れた大西洋上の、しかも南緯五十度を超える位置にある島で、いずれ劣らぬ手つかずの峰が連なっている。

二人が最後の頂を上がったときにはすでに午後二時で、空はだいぶ雲に覆われていたが、エルヴェの言ったとおりそこにはあっと驚くものが待っていた。直径が一キロ以上もある噴火口がきれいな楕円形に口を開けているのだが、火口湖がない。水がすっかりなくなっていて、斜面には水が引いた跡が同心円状に残り、巨大な爪のハーフムーンのようにみえる。不思議なサイフォン現象で湖は空になり、今では岩に縁どられた巨大な皿になっている。だがその皿には大きな氷の塊が残されていて、それがいくつもの柱に分かれ、なかには高さが数十メートルになるものもあり、以前はここも氷河だったこと、つまりもう少し低いところにある氷河と一体をなしていたことを物語っている。本隊に置き去りにされた小部隊のように、心細げに身を寄せ合うこれらの氷は、いったいいつからここにあるのだろうか。灰色に覆われた空の下で、古い土埃《つちぼこり》が染み込んだ氷のモノリス群は、痛ましいほどのもの悲しさを漂わせていた。だがルイーズは、そこでもう一度引き返そうとした。

「場所はわかってるんだし、また来ればいい。なにも雨に濡れてまで無理すること……」

だがリュドヴィックはすでに歓声を上げて斜面を駆け下りていた。結局ルイーズもあとを追い、二人はしばらく湖底に取り残された氷の迷宮をさまよった。近くで見ると氷の柱は不気味だった。本来なら白と青に輝くはずの氷が土で汚れ、そこにゆっくりした溶解が重なって表面がくすみ、虫に食われた羊皮紙のようになっている。それでもその陰鬱な美に二人は魅了された。すり減ったくぼみに手をすべり込ませ、ひんやりした内壁に触れながら悠久の時に思いを馳せた。今ここでゆっくり溶けつつある氷は、二人が生まれるよりずっと前から、いやそれどころかホモサピエンスが地球表面を一変させるよりもはるか前からここにあったのだ。二人は大聖堂に入ったときのように無意識のうちに声をひそめていた。大きな声を出したら微妙なバランスが崩れてしまいそうな気がした。

そのとき雨の音がして、二人は現実に引き戻された。

「どっちにしてもここの氷はもう朽ちてるじゃない。エルヴェは氷の上にあがると面白いって言ってたけど、正直わたしは気乗りがしない。それより急いで下りたほうがいいと思う。風も出てきたし、あのボートの小さい船外機《モーター》じゃ戻れなくなるかも」

それはもはや文句ではなく、命令だった。リュドヴィックはその決定的な口調をよく知っていたし、ルイーズの勘がよく当たることも知っていた。よし、ここは引き返そう。

二人は再び噴火口をよじ登り、そこから谷のほうへと斜面を駆け下りていった。風が強くなってジャケットがはためき、濡れた石で足がすべる。天気はみるみる悪化した。あの岩棚まで戻ると、往路とは似ても似つかぬ眺めが眼下に広がっていて思わず立ちすくんだ。悪い妖精が魔法をかけたかのように、平和そのものだった海原が怒りに泡立つどす黒い面に変わっていた。ルイーズは走りだし、リュドヴィックがぶつくさ言いながら、その後ろをよろめくように追いかける。二人が息を切らせて浜に着くと見渡すかぎり波が激しくぶつかり合っていて、ジェイソン号は大きなうねりに弄ばれ、鎖の先でひどく揺れていた。

「いっちょ水に入るか！　船に戻ってからのホットココアを楽しみにってことで」とリュドヴィックが空威張りしてみせた。「ぼくが押すから、きみは前を頼む。波に向かって思いきり漕げ！磯波を越えたらぼくがエンジンをかける」

わずかな凪を見計らってゴムボートを浜から下ろした。凍るような水が二人の膝をたたいた。

「よし、行け！　漕げ、漕ぐんだ！　うわっ」

リュドヴィックが濡れた砂に足をとられるなか、ルイーズは船首に飛び乗り、オールを握って奮闘した。そこへ最初の波がやってきてボートの上から襲いかかり、すぐに次の波が横から来てボートを持ち上げ、軽々とひっくり返した。あっという間の出来事で、気づいたときには二人とも白い泡のなかに投げ出されていた。

「くそっ！」

引き波に流されかけたボートの綱を、リュドヴィックがかろうじて片手でつかんだ。ルイーズは手を肩に当てている。

「痛っ……背中に船外機が当たっちゃって」

二人ともびしょ濡れで、大自然の突然の暴力にあっけにとられていた。

「あっちへ引っぱっていこう。浜の端のほうは波がここほどじゃない」

二人は力を振り絞ってボートを引いていったが、着いてみると状況はほとんど変わらなかった。

仕方なくそこでなんとか海に乗り出そうとしてみたものの、二回試みて二回とも泡の渦に投げ出された。

「待って！　もう無理、痛くて力が入らない」

ルイーズは浜に倒れ込み、腕を押さえて顔をゆがめた。思わずあふれた涙はたたきつける雨に流された。リュドヴィックは腹立ちまぎれに砂を蹴った。苛立ちと怒りが一気にこみ上げてくる。なんてとこだ！　なんて島だ！　風も、海も、くそったれが！　あと一時間、せめて三十分早く戻っていれば、今ごろストーブの前で体を乾かしながら危なかったなと笑い飛ばしていられたのに。非力な自分に腹が立ち、じわじわと胸に広がる自責の念がその怒りに油をそそいだ。

「確かにこれじゃ無理だ。建物に避難して嵐が過ぎるのを待とう。急に来たってことは、通り抜けるのも早いだろうし」

二人はまた苦労してゴムボートを浜に引き上げ、年月を経た灰色の杭につないでから、かつての捕鯨基地の木材と鉄の残骸のあいだに分け入った。

六十年という時をかけて、風が大きな仕事を成し遂げていた。一部の建物は爆発でもあったかのように内側から破壊されている。強風で飛ばされた石でガラスが割れたら最後、そこから一気に風が吹き込んで、建物を内側から食い荒らしてしまうのだろう。すでにかなり傾き、とどめの一撃を待つばかりの建物もある。鯨を引き上げて解体する場所だった大きな木組みの傾斜台の横に、少しはよさそうな小屋があったが、なかに入ったとたんひどいにおいで窒息しそうになった。折り重なって寝ていた四頭のゾウアザラシが、邪魔するなと大きな音で鼻を鳴らした。

二人はがっかりしてそこを離れ、もっと奥のほうの、いちばん状態がよさそうな二階建ての建物に向かった。途中でペンギンの群れを横切ることになったが、どのペンギンも平然として逃げようともしない。リュドヴィックはその無関心さにむかつき、追い立ててやろうかと思った。建物の内部は気味が悪く、暗く、湿っぽかった。二人が入ったところは古いタイル張りの床、鋼板のテーブル、艶を失った炊事鍋などから厨房だったとわかる。案の定、隣の部屋はかつての食堂で、テーブルと長椅子が並んでいた。ルイーズはその長椅子に横になった。震えが止まらず、痛みもひどかったが、それ以上に怖かった。山の怒りならよく知っているし、どう対処すべきかも心得ている。最悪の場合、雪のなかにもぐり込んで助けを待つことも知っている。だがここではお手上げだ。リュドヴィックはコンクリートの階段を上がって二階を調べた。大きな共同寝室が二つあり、どちらもパーティションで個室に区切られていて、それぞれに底の抜けたマットレス、小テーブル、開けっ放しのクローゼットが残されている。ところどころに色褪せた写真、転がった靴、釘にかけられたままぼろぼろになった服なども残されていて、地獄から出られると喜ぶ人々が大急ぎでここを立ち去る様子が目に浮かぶようだった。その奥の、蝶番《ちょうつがい》がはずれかけた扉の向こうにも小部屋があり、こちらは板で内張りされていて、家具ももう少し整っていた。おそらく現場監督の部屋だろう。

「おい、上は少しましだぞ。暖かいところで待ったほうがいい」

〝暖かいところ〟というのは無理があるが、下ほど寒くないのは本当だ。二人でその部屋のベッドに倒れ込むと派手にきしんだ。窓枠からはずれかけたガラスに雨が容赦なくたたきつけ、隙間から水が入り込んで水溜りになっていて、そこはすでに床が朽ちている。元は白く塗られていたはずの壁には帯状の染みが何本も走り、青白い光のなかで妙に目立っていた。一脚しかない椅子は壊れていて、こんなときにおかしなことだが、リュドヴィックはなぜ壊れたのか気になった。無事にみえるのは引出し付きの事務机だけで、こちらは二十世紀初頭の学校の教壇のような古いつくりだ。

「今夜はここが山小屋ってことで、さあ、肩を見せてみろ。服も乾かさないと」

リュドヴィックは軽い口調で、ちょっと想定外の展開になったけど大したことないよ、という雰囲気を出そうとしたが、手が少し震えるのを自分でも止められなかった。それでもルイーズを手伝って、びしょ濡れの服を脱がせてやった。ルイーズはスリムとはいえ筋肉質だが、それでも服を脱ぐとひどく頼りなげにみえる。熱帯の海に行ったときも決して肌を焼こうとしないからかもしれない。顔と腕と脚の下のほうだけ褐色なので、それ以外がいっそう白くみえる。黒髪から水が滴り、金をちりばめたような緑の目にかかっていた。五年前にリュドヴィックがまずやられたのはその目だ。愛《いと》おしさがこみ上げ、とにかく体を温めてやらなければと気が急《せ》いた。自分のセーターで懸命にこすってやり、それから濡れた服を絞ってやった。左肩にスクリューが当たったらしく、切り傷があり、周囲が青いあざになっている。ルイーズは震えながら、人形のようにされるがままになっていた。リュドヴィックは同じことを自分にもしたが、体が温まるのはほんの一瞬のことで、湿った服が肌に張りついてすぐに熱を奪ってしまう。ここは太陽が照りつける夏でも気温が十五度を超えることはめったにない。今は十度前後だろう。

「ライターもってるか？」

「リュックのなか」

当然だ。ライターなしで出かけるクライマーなどいない。サバイバルシートも二枚入っていたので、リュドヴィックは急いでルイーズをくるんでやった。

それから厨房に下り、あちこち引っかきまわしてアルミ製の大きなオーブン皿を見つけ、がたついた棚から板を何枚かもぎとった。それを全部抱えて二階に戻ると、ナイフでどうにか板を割り、とうとう火をつけることに成功した。扉を開けておいても煙がすぐ部屋に充満したが、火がないよりずっといい。

リュドヴィックは気合を入れ直して外の様子を見に出た。風が一段と強くなり、突風で飛び散る波が煙のようにたなびいている。優に四十ノットはある暴風で、この世の終わりとまではいかないものの、船に戻るのはとうてい無理だとわかった。雨のカーテンを透かして、ジェイソン号が波にもまれながらどうにか流されずにいるのが見える。背後を振り向くと雲が低く垂れこめ、もはや山も見えず、あたりはますます暗くなりつつあった。

「どうやらここで夜を明かすしかない」リュドヴィックは上に戻ってそう言った。「食べるもの残ってたっけ？」

ルイーズも少し元気を取り戻し、急場しのぎのたき火をうまく手なずけていた。だが板が古いので、においがひどいのはどうしようもない。二人はジャケットを火の近くに吊るし、シリアルバーを嚙みしめながら身を寄せ合った。

どちらも今の状況を話題にしたくなかった。なにごとにも慎重なルイーズと情熱のままに動くリュドヴィックにとって、それは対立につながりかねない危険な話題だと二人ともわかっていた。

口にするのはもっとあと、この不愉快な出来事が終わってからでいい。どうせ蒸し返すことになり、その際にはルイーズが自分たちの無分別な行動について理路整然と論じ、それに対してリュドヴィックが予測不能だったと反論し、口論になり、そのあとで仲直りするのだから。そうしたやりとりはすでに儀式になっていて、二人の衝突の圧力を逃がす安全弁にもなっている。どちらも負けを認めず、自分の正当性を確信したまま、あえて「勇者の平和」を受け入れるというわけだ。とにかく今は協力して、無事に嵐をやりすごすしかない。二人は煙に目を赤くしながら服と体を乾かした。風雨の音はますます大きくなり、下の階では捨てられた部屋部屋で風が唸っている。低い唸り声が転調しながら延々と続き、そこに断続的な突風の高い叫びが加わる。時おり小休止が入るとほっとして、二人の筋肉も緩むのだが、すぐまた始まり、そのたびに前より音が大きくなったように思えた。建物のあちらこちらで鉄板がバスドラムのように鳴っている。不吉な交響曲に魂を奪われ、二人とも押し黙っていた。すると長歩きの疲れが、いやそれ以上に心の動揺の余波が押し寄せてきて、とうとうリュドヴィックも目を開けていられなくなり、古い埃のにおいがするサバイバルシートを広げて身を包んだ。二人は小さいベッドで身を寄せ合い、すぐ眠りに落ちた。

リュドヴィックは夜中に目を覚ました。風の音が変わっていた。どうやら向きが変わり、今や山から吹き下ろしているようだ。しかも勢いが増している。谷の奥のほうで風が吠えたかと思うと、それが太鼓のトレモロとともに一気に下ってきてぶつかり、衝撃で建物が揺れる。だがリュドヴィックはこれはいい兆しで、嵐は終わりに近いのではないかと思った。暗闇のなか、自分とルイーズの湿っぽいぬくもりを感じながら、リュドヴィックはほんのひと時安らぎに身をゆだねた。自分たちは今、数千キロ四方に誰もいないこの場所で、たった二人で嵐に閉じ込められている。だが二人は守られていて、嵐を物ともせずに休んでいる。そしてリュドヴィックは、自分の体のあらゆる部分がそれぞれ勝手に、まるで自立しているかのように、この特異な状況を記憶にとどめようとしているのを感じた。背中はくたびれたマットレスのへこみ具合を、胸はそこに身を寄せているルイーズのゆっくりした呼吸を、頭部はどこからか入ってきてかすめていく微風を記憶したがっている。ルイーズを起こして愛し合いたい衝動に駆られたが、肩の傷のことを考えてやめた。今は眠らせてやったほうがいい。明日の朝なら、もしかしたら……。

夜明け少し前に、唐突に風がやんだ。二人は夢うつつでそのことに気づき、今度こそすっかり緊張を解いてもう一度眠りに落ちた。

ルイーズを眠りから引きずり出したのは一筋の陽光だった。風がやむまでずっと悪夢を見ていたので、疲れはとれていなかった。パリ十五区のアパルトマンに巨大な波が押し寄せてきて、窓という窓が割れていく夢だ。次の瞬間自分は筏《いかだ》に乗り、茶色い川と化した通りを流されていく。通り沿いの建物の住人たちが助けを求めて叫び、必死で手を振っている。そんな恐ろしい夢だった。

「リュドヴィック、寝てる？　嵐は行っちゃったみたい」

二人はこわばった手足をほぐした。ルイーズは両腕を上げてみて顔をしかめ、時間をかけて肩を調べた。

「骨はだいじょうぶだと思うけど、操船はしばらくあなたの仕事ね」

「お任せあれ。さあて、ホテルは星付きじゃなかったけど、マダムがお望みとあれば、十五分後に船で朝食をお出ししますよ」

二人は笑いながら荷物をまとめ、冷えた煙のにおいが残る部屋を出た。

外は昨日と同じようにまぶしい朝日が降りそそいでいた。

「まったく、とんでもないところだよな」

だが建物を一歩出たところで、二人はまったく同じ感覚にとらわれて動けなくなった。大きな手で腸《はらわた》をわしづかみにされた感覚で、やけどのような痛みが喉を這い上がり、それを追いかけて足元から震えが這い上がってきた。湾は空だった。

「……ばかな……船がない……」

二人は同時にもごもご言いながら、目の前の景色を修正しようと目をしばたいた。これは悪夢だと思おうとした。映写機が引っかかっただけだから、フィルムを巻き戻してもう一度映せば正常に戻る。そうしたら、今度は建物を出たところでジェイソン号が静かに浮いているのが見えて、二人は冗談を言いながら浜へ下りていくことになるのだと。だが現実は容赦なくそこにあり、船は確かに消えていた。二人は湾のすみずみに目を凝らし、船体か、少なくともマストの一部が岩場から顔を出していないかとしばらく捜しつづけたが、なにも見えなかった。そこにあるのはいつもながらの自然の営みだけで、カモメが嘴《くちばし》でせわしなく浜をつついているし、寄せては返す波のしゅうしゅういう音も聞こえる。すべて正常なのに、船だけがない。二人の船であり、家であり、二人の自由を運ぶ翼であるジェイソン号だけが、文中の誤記が削除されたかのように消え失せている。こんなことは受け入れられない。ありえない。二人はぽかんと口を開けたまま動けず、言葉を交わす気にもなれなかった。これがなにを意味し、どういう結果を招くのかという恐怖が二人の脳裏をかすめた。それは衣、食、住を失うことであり、島を離れる手段も、誰かと連絡をとる手段も失うということだ。そして憤りというより、この異常な状況そのものに打ちのめされた。特にリュドヴィックは生活必需品がない生活など想像したこともなかった。雨露をしのぐ屋根がなく、空腹を満たすものもないといった状況に自分が陥ることなど、ただの一度も、一瞬たりとも考えたことがなかった。テレビでアフリカやアジアの貧困が報じられても、この人々に必要なのはおそらく自分と同じものではない、彼らはわずかなもので暮らすことに慣れているのだと理屈をつけて、漠然とした良心の呵責《かしゃく》に蓋をしてきた。ユニセフに小切手を送ることはあっても、本当の意味で関心をもったことはない。

ルイーズのほうは山で雨のなか野宿をし、ほとんど眠れないという経験を何度もしている。計算を間違えて食料が足りず、一人分を四人で分け合って三日間しのいだこともある。通常のコースからもベースキャンプからも遠いところで大自然のなかに取り残され、人間の弱さを痛感したこともある。だがそれはどれも一時的なことで、生死にかかわるものではなかった。目の下に隈《くま》ができたり、胃痙攣《いけいれん》を起こしたりはするが、最終的には谷へ下りることができて、長々とシャワーを浴びたりステーキにかじりついたりするわけで、そこで冒険を振り返ってみて怖かったねと言うにすぎない。山仲間とのいい思い出になるだけだ。それでも、そうした経験を経て不測の事態に対する最小限の心構えはできていた。ルイーズは本能的に、あるいは訓練のたまものとして、必要なものと余分なもの、危険なものと危険にみえるだけのものを見分けることができる。一人前のクライマーとして、状況に応じて目標を見直すことも、グループの状態、天候、自然条件を考慮して断念か続行かの判断を下すこともできる。そんなわけで、茫然自失状態から現実へ引き戻す力はリュドヴィックよりルイーズのほうがはるかに上だった。

「ボート！　ゴムボートは無事よね？　ボートで船を捜さなきゃ。ジェイソン号はあの小さい岬と正面の岩場のあいだに泊めたから、もしかしたらそこで沈んでるかもしれない」

「けど、それならマストの先くらいは見えるはずだ」

リュドヴィックも自分なりのやり方で現実に向き合おうともがいてみたが、うまくいかなかった。いつもは楽天家でなんでも来いのリュドヴィックだが、どうしたことか頭が空っぽになってなにも考えられず、なにをやっても無駄だとしか思えなかった。

「マストが折れることだってあるでしょ？　水深七、八メートルだからなにか見つけられるかもしれない。食料とか工具とか。非常用の防水袋には衛星電話も入ってる。とにかくやってみなくちゃ。ほら、行動よ！」

「錨《いかり》ごともっていかれたに決まってるさ。夜中に音を聞いたんだ。風が北西に変わってた。山から吹き下ろす猛烈な風だ。まさに本に書いてあったウィリーウォーってやつだよ」

「本なんかどうでもいい！」ルイーズは目に涙をためて叫んだ。「じゃどうするの？　ホテルに戻るってわけ？」

ルイーズは腹立ち紛れに猛然と歩きだし、リュドヴィックはそのあとをついていった。歩きながら二人は同じことを考えていた。ここは無人島だということ。それもただの無人島ではなく、自然保護区で、上陸が禁じられているということ。二人はそれを承知のうえで、あえて規則違反をすると決めたのだ。「どうせ誰も来ないんだからばれようがない。本物の自然をちょっとのぞくだけだし、数日寄港するくらい誰にもわかりゃしない……」

つまり、この上陸のことを誰も知らない。友人知人は二人がパタゴニアからまっすぐ南アフリカに向かったと思っている。だから消息不明になってもここを捜すことは決してない。海上でなにかあったとしか思わないだろう。リュドヴィックの脳裏に一瞬、パリ郊外アントニーの家で電話にかじりついている両親の姿が浮かんだ。船が見つからなければ、この島は監獄になる。数千キロ四方の大海原が看守をつとめる監獄になる。

ゴムボートは浜にあった、砂と海藻に埋もれていたが、無事だった。二人はほんの少しだけ希望を取り戻した。

それから一時間かけて、投錨《とうびょう》地点の周囲を漕ぎまわった。緑がかった海水はそよ風にわずかに波打つだけで、しかも透明度が高いので、ボートの上からでも海底がよく見える。散らばっている石も、捨てられたか波に運ばれてきた機械部品らしい黒っぽい塊も見える。だから船体を見落とすはずはない。

結局二人は意気消沈して浜に戻ることになった。

「アンカーチェーンが短かったのかも……」ルイーズがつぶやいた。

「いや、いつもどおり水深の三倍にしたぞ」

「だけど、いつもどおりの結果にならなかったわけじゃない！」

「それにソルタン社のだぞ。いちばんいいやつで、どんな海底でも食い込むんだ。ずいぶん高かったし」

「それはそれは。じゃあソルタンさんが助けにきてくれるわけ？　チェーンをその二倍くらい長くしといたら、こうはなってなかったかも。それに昨日、わたしは早く戻ろうって言ったよね。ところがムッシューはもう夢中で、意地を張って、だいじょうぶ、ちょっと濡れるくらいだよって……」

抑揚のない声には冷たい怒りがにじみ出ていた。そのことにルイーズ自身も気づき、すぐリュドヴィックに背を向けた。そして執拗に肩をさすりながら砂の上に目を落とし、そのまま振り向けなくなった。振り向いたらなにが見えるかわかっているからだ。背の高い非力な無鉄砲が肩を落とし、オモチャが壊れたときの子供のような顔をして青い目でこちらを見ているに違いない。能天気で無頓着な困ったやつ。けれどもルイーズはそんなリュドヴィックを愛している。泣きじゃくりたかったが、そんな場合ではないとこらえた。

リュドヴィックのほうも、ルイーズの棘《とげ》のある言葉になにも言い返せなかった。昨日山の上で引き返したときから、リュドヴィックはずっと後悔という苦みを味わっている。だから言われるまでもなかったのだが、それでもはっきり言葉にされるとつらい。赦《ゆる》してもらうためには自分が解決策を見つけるしかないと思った。もちろん解決策があるはずだ。どこかに……。

「船外機《モーター》を使ってボートで湾全体を回ってみたらどうかな。崖沿いまで流されて沈んだかもしれないし」

「そんな夢みたいなこと。そもそも深いところに沈んだ船をどうするの？　浮上させる方法なんかないんだし」

「なんとかもぐってみて、なにか回収……」

最後まで言えなかった。ルイーズが声を出さずに泣いていることに気づき、たまらずに抱き寄せた。なぜこんなばかげた状況に陥ってしまったのか。ちょっと散策が長引いただけなのに、その罰がこれとはひどすぎる。三十四歳のリュドヴィックはこれまでほとんど死について考えたことがなかった。最近友人が二人、一人はバイク事故、もう一人は急性の膵臓癌《すいぞうがん》で相次いで命を落とし、それにはショックを受けた。だがそのショックはむしろ生に向かい、この船の旅に出るきっかけの一つになった。生きよう！　死に追いつかれる前に思いきり生きよう！　そう思ってのことだったのに、それがどうだ、こんなところであっけなく追いつかれるとは。二人はこの穏やかな夏の日に、南極に近いこのうっとりするような景色のなかで死に追いつかれた。猫をかぶった太陽が嵐の名残のしずくをダイヤモンドのように輝かせている。その向こうの低地はわずかにかすんでいる。オットセイとゾウアザラシが大きなあくびをしながらごろごろしている。リュドヴィックはそんな景色を見まわしながら、ここで自分たちが死んでも、この景色はなに一つ変わらないのだと思った。鳥の飛翔も、波も、草も、どれ一つ、なに一つ変わらない。二人の足跡さえ残らない。風があっという間にかき消してしまうから。

リュドヴィックはいわゆるネット世代の典型で、管理職クラスの家庭の一人息子に生まれ、郊外の戸建て住宅で育った。冬は高原リゾートのラルプ・デュエズでスキー、夏は西地中海のバレアレス諸島でヨット、平日の両親の帰宅が遅いときは「これでいい子にしていてね」と買い与えられたテレビゲームと、なんでも揃っていた。今では身長百九十センチ。金髪を無造作にまとめたヘアスタイルでどこにいても目立つ。青い目と顎が割れているところが子供のころからのチャームポイントで、中学でも高校でも女子に大モテだった。しかもせっかくのチャンスを逃すタイプではない。なにごとも遊び半分なところは教師泣かせでもあり、通信簿にはいつも「実力を磨こうとしない」と書かれていた。大学時代は授業を受けるよりビヤホールで騒ぐ時間のほうが長かったが、どうにかこうにか商学部を卒業し、父親のコネでイベント企画運営会社フォイド&パートナーズに職を得た。社名は流行《はや》りのアメリカ風だが正真正銘フランスの会社だ。こう説明するといささか軽薄な人間のようだが、じつはリュドヴィックは根っからの楽天家で、いつでもポジティブでいることができ、そこが人を引きつけ、魅了する。彼と一緒にいると誰でも元気になり、人生が容易で愉快なものに思えてくる。それは必ずしもリュドヴィックが前向きな発言をするからではなく、彼が発散する活力や生きる喜びが、本人がことさらに努力しなくても周囲にうつるからだ。つまりリュドヴィックの〝楽天家〟は見せかけや気取りによるものではなく、なんの憂いもなく幸せに育ったおかげで自然に身についたものと言えるだろう。実際リュドヴィックには憂鬱な気分で目覚めたという記憶がない。また楽観的なところが自分の強みらしいとわかってきてからも、それを自慢に思ったことがない。満ちあふれる喜びを周囲の人々に振りまくのは意識してやっていることではなく、ただもうそういう性格だからで、それが世界の歩みへの彼なりの貢献になっている。要するに、根っからいいやつとしか言いようがない。

一方、ルイーズには一見伝統的な、やや古くさいとも思える面がある。細い体に面長な顔。相手を不快にしたくないばかりにほんの一瞬微笑《ほほえ》むが、それさえもぎこちなくなってしまうというタイプだ。グルノーブルの商魂たくましい商家の生まれで、こちらも不自由なく育ったが、ただ一つ親の関心が欠けていた。一家の誇りは二人の兄であり、末娘の「おちびちゃん」が両親の注意を引くチャンスはほとんどなく、ルイーズがなにを考えようと、どんな夢を見ようと、学校その他でどんな経験をしようと、それが家族の話題に上ることはなかった。ついでにいえば、容姿で注意を引くこともなかった。ルイーズ自身、自分は平凡そのものだと思っている。身長百五十五センチ、黒髪、やせっぽちで、胸が女らしくなるのも人よりずっと遅かった。要するに少女時代も娘時代も目立たない存在だったわけだが、凡庸さを補うかのようにまじめさだけは失わずにいたので、問題を起こしたこともない。すると人は残酷にも「平穏無事な子」と呼んだ。中学高校と成績もよく、リヨンの大学で法律を学んで公務員試験を突破し、パリ十五区の税務署に就職、と履歴は順調だったが、そのあいだもルイーズはずっと自分の存在感のなさに苦しんだ。だが幸いなことに、その苦しみを和らげてくれるものがあった。まずは本で、ルイーズは子供のころジュール・ヴェルヌやゾラをはじめ、図書館で借りられる本を片っ端から読んで物語の世界に逃避した。何時間もわれを忘れ、ジャングルの奥地で繰り広げられる手に汗握る冒険や、豪華な絹織物にくるまれて過ごす胸躍る人生に没頭した。やがてそれをヒントにして、いくつもの物語からなる自分専用の想像の世界を作りはじめた。来る日も来る日も設定を見直し、演出に工夫を凝らし、自分の決めぜりふを練り直す。ルイーズは探検家になり、自由の闘士になり、天才音楽家やトップアスリートになった。あるときはレジスタンスの地下のアジトに、あるときは外洋に、またあるときは砂漠のまんなかに身を置いた。現実以外にもう一つ世界をもつことで心がなぐさめられたし、本当は自分にも人から認められるような力があるんだと思い込むことができた。それに、ベッドの上で目を閉じるだけで空想の世界に身をゆだねることができるのだから、手っとり早いことこのうえない。学校に行く時間になると中断しなくてはならないが、夕方また空想世界に戻るのが楽しみで、学校でも元気でいられた。その後、本以外にもう一つ助けが見つかったのだが、それこそがティーンになってから始めたロッククライミングと登山だった。たまたま参加したサマーキャンプで、山にはこれまで無理だと思っていたものがすべて揃っていると気づいて驚いた。第一に、あまり好きになれずにいた自分の体を使って、高揚感を得られる。第二に、物語の世界でしか発揮できない力や勇気を現実の世界で示すことができる。第三に、登山においてはパーティー全員が重要な役割を担うので、自分もようやくグループのなかで居場所を確保できる。しかもいざ始めてみたら、もともと身軽で体が柔軟だったルイーズは山に向いていたようで、みるみる腕が上がった。やがて山岳ガイドという夢が頭に浮かぶまでになったが、家族と縁を切る勇気がなかったので、これぱかりはあきらめざるをえなかった。

「女がする仕事じゃないでしょ。子供ができたらどうするつもりなの？」

というわけで、山は趣味にとどめ、成人して独立し、パリで仕事を始めたルイーズは、週末ごとにクライミングシューズ、あるいはピッケルとアイゼンをリュックに入れて意気揚々とリヨン駅に急ぐ生活を送ることになった。


高速列車ＴＧＶ《テー・ジエー・ヴエ》の十六号車、四十六番と四十七番。リュドヴィックはシャモニーで待つスキー仲間に合流するために乗り込んだ。シートに腰を落ち着け、しばらくはアイフォンをいじっていたが、三、四十分であきてしまい、ふと隣の席に目をやった。自分と同い年くらいの女性が岩場の案内図のようなものを熱心に見ていた。

「登山ですか？」

ルイーズのほうは「トポ」と呼ばれるクライミングのルート図に夢中になっていたので、邪魔されてちょっとむっとした。だから最初はいやいや答えていたのだが、いつのまにか相手の微笑みと頷《うなず》きに勇気づけられ、熱心に話し込むことになった。

職場の同僚に山の話をしてみたことも何度かあるが、ルートの話や記号、専門用語が出てくるとすぐに座がしらけてしまう。だから一人で空想の世界にこもるしかなかった。今や山だらけになっているその空想世界は、いわばルイーズの象牙の塔だ。ルイーズが生きているのはもっぱら週末のためで、平日は周囲に無礼にならない程度の無関心で乗り切っている。職場のパーティションにはシャモニーの一峰、レ・ドリュのポスターが貼ってあり、仕事中も時々それを見て自分を励ます。つまり登山はルイーズの秘密であり、人には理解できないルイーズだけの世界になっていた。

ところが、たまたま隣り合わせたその男性に対しては、むろん車中での暇つぶしにすぎないとしても、思う存分山の話をすることができた。頷いてくれるのに気をよくし、それまでの埋め合わせをしようという気持ちも少しあって雄弁になった。早朝に山小屋を出ると目に入る、青とバラ色に染め分けられた空。指先の感触だけで種類がわかる、岩の表面のあのざらざらした感じ。岩肌に吊り下げた宙吊りテントで風に揺られて過ごす夜。そんなとき谷間の灯りが雲に覆われて見えなくなると、自分が空中にいて、永遠に近づいたように思えること。理想のクライミングルートの美についても熱弁をふるった。もっともシンプルで、可能なかぎり直線に近く、完璧に無駄を排したルートがうっとりするほど美しいのだと。また足元で音を立てる凍った雪や、延びた先が見えないザイルの唸りについても言葉を惜しまなかった。

リュドヴィックのほうは半ば驚きながら話を聞いていた。ごく平凡でおとなしそうにみえた女性が、思いのほか熱く語りはじめたのが愉快だった。話が盛り上がるたびに、緑の瞳が金をちりばめたように輝くのも印象的だった。二人はシャモニー駅の在来線の出口で別れたが、別れ際にリュドヴィックが礼儀としてかけた誘いの言葉には、単なるお愛想とは言いきれない部分があった。

「ぼくらはスキーのあと、だいたい〈デラパージュ〉ってバーで飲んでるから、よかったらお仲間と寄ってください」

二日後、ルイーズの登山仲間のフィルとブノワとサムは、エギュイユ・ルージュを下りたら飲みに行こうと言いだしたのがルイーズだったことに驚いた。いつもはそういう場所を嫌がって、無理やり引きずっていくしかなかったからだ。〈デラパージュ〉で二組のグループはすぐに打ち解け合い、リュドヴィックは登山仲間三人が三人ともルイーズに敬服していることを知って驚いた。

「クライミングのレベルがいちばん高いのは彼女だよ。グレード7を超えてる。それに、クレバスを言い当てる正確さで彼女の右に出るやつはいない」

「断崖で雷がとどろいても平然としてるんですよ。もっと来いって感じで」

「あの細身ですごい体力でさ、大したもんだよ、ほんと」

リュドヴィックはテーブルの逆端にいるルイーズのほうにさりげなく目をやった。登山を終えたあとだからかリラックスした様子で、向かいの席の連中にチャーミングな笑みを向けながら、爪が割れた手で身ぶりを加え、ホールドに手をかけるのが本当にぎりぎりだったという話をしている。いやはや、これは平凡どころじゃなさそうだぞと恐れ入った。

リュドヴィックはパリに戻ってからもルイーズのことが気になり、とうとう電話をかけ、友人たちと簡単なクライミングをやってみようと思うんだけど、指導してもらえないかと聞いた。ルイーズは快諾した。当然だ。なにしろもうリュドヴィックに惹かれはじめていたし、背の高いハンサムに興味をもってもらえるなんてこれが初めてのことで、うれしくてたまらなかったのだから。ルイーズのそれまでの恋愛経験といえば、青春時代のちょっとした愛撫と、大人になってからの幾晩かの夜、要するにノーと言う勇気がなくて流れに身を任せた夜だけだった。いいかげん人並みの恋をするべきだと思わなくもなかったが、本当の意味で恋愛が楽しいと思ったことはないし、そんなものどうでもいいじゃないと強がる自分もいた。どうせ失恋するだけだから、つらい思いをするよりひとりで生きるほうがいいとも思えた。だが今回は違う。電話をもらってうれしかったし、すでに相手に惹かれていることにも気づいた。そこでさっそく、初心者でも登れて、いつもの三人の仲間も楽しめるようなクライミングスポットを見つけようと懸命になり、それを知った三人の仲間はにやにやしながら、互いにしたり顔で視線を交わした。

おいおい、とうとうルイーズが男に惚れたぞ。われらがクライミングのマドンナが！　というわけだ。

六か月後、二人は一緒に暮らしはじめた。バカンスのかりそめの恋から始まった関係はたちまち心身ともに大満足のものとなった。リュドヴィックはルイーズを笑わせ、ルイーズはリュドヴィックを驚かせる。ルイーズは繊細だが瞬発力を秘めている。普段は物静かで、控え目で、少々臆病にさえみえるが、岩を登るときや愛を交わすときは変身する。愛撫を受け、敏感なところを刺激されればためらいなく叫ぶ。リュドヴィックにとってルイーズは、水にたとえるならいつでも急流に変わりうる静水のようなものだ。

そしてルイーズのほうはというと、こんなハンサムに愛されるなんてという大興奮が収まってからは、視野や可能性を広げてくれる存在としてリュドヴィックを愛するようになった。「おちびちゃん」と呼ばれていたころ経験できなかった喜びや大らかな気分といったものを、まさにリュドヴィックがもたらしてくれる。時にはいい年をしてまるで子供だと思うこともあるが、よく考えてみるとそんな彼のほうがものごとを素直にとらえていたりもする。ルイーズは彼の肩に顔をうずめ、彼が興奮気味に思いつきを語るのを聞くのが幸せだった。人生に光をもたらしてくれる存在、それがルイーズにとってのリュドヴィックだ。

さて、大旅行という計画を持ち出したのももちろんリュドヴィックだったが、これは単なる思いつきではなかった。運がなかったのか気が緩んだのかわからないが、リュドヴィックは仕事で立てつづけに二回しくじった。まず、大きな会議で手配した食事がまずかった。これは致命的なミスだ。続いて、インセンティブパーティーでプレゼンテーターの選択を誤り、居並ぶ幹部連中を退屈させた。どちらの失敗も顧客からはもちろん、社内でもこっぴどくたたかれ、この仕事はもううんざりだと思った。それでもリュドヴィックは持ち前の明るさで、その後も臆することなくペイントボール大会だのコルシカ島の週末旅行だのの企画や手配に精を出した。拙速な企業合併による社内のひずみはこうしたイベントで解消できるなどと思ってもいないのに、思っているふりをしつづけた。食前酒がタイミングよく配られるように、舞台背景に美しい映像が流れるように、盛り上がりがピークに達したところでダンスミュージックに切り替わるようにと、細かいところまで気を配った。だがそれにしても、年がら年中こんな仕事ばかりだなんて、冗談じゃない！　そして雨がちな春が来て、スクーターをあきらめて地下鉄通勤を強いられるようになったある日、不意に強い怒りがこみ上げた。それは地下鉄に揺られる無気力な群衆、イヤホンをした無表情な人々に対する怒りだった。その人々の体から発せられて窓ガラスで結露する、少しすえたにおいの湿気に対する怒りだった。無関心と、悲しみと、惰性に対する怒りだ。リュドヴィックは地味な色の外套《がいとう》に身を包んだ人々を、彼らの口角が下がった口元を、無意識にステンレスの棒をつかむ手をまじまじと見て、別の観察者がいたら自分もこいつらと同じにみえるのだと気づいてぞっとした。もちろん、人生をこのまま続けていくことができないわけではない。そうすればブルターニュのモルビアン湾に別荘をもつことも夢ではないし、アンティル諸島でバカンスを過ごしたり、たまに豪華な食事を楽しんだりできるし、たぶんプロジェクトマネジャーになれて、一人か二人子供をもつ余裕もできるだろう。だが子供がもてるという考えでさえ心をはずませはしなかった。むしろそのとき思い出したのは、山や海で何度か経験した、これが生きるってことじゃないかと思える特別な瞬間の記憶だった。岩場でホールドがあまりにも小さくて指先が震えるのがわかったり、サーフィンのときに波の上で尾骶骨《びていこつ》まで震えたりしたときの、あの否応なく全神経が集中する瞬間だ。自己超越などという笑わせる概念ではなく、ほんの一瞬、心と体が完全に融合したと思える、その瞬間のことだ。三十三歳で人生を振り返ったとき、いくつかの愛の陶酔とともにリュドヴィックの脳裏にしっかり刻まれていたのはそうした瞬間だけだった。だとすればそれを追い求めるべきではないだろうか？　今すぐに動かなければ自分はだめになる。行動を起こすかつぶされるか、そのどちらかだと思った。

リュドヴィックはそれから半年かけてルイーズを説得した。ルイーズのほうは万事順調でハッピーだったので、今の生活を捨てる理由がなかった。日中は税務署で税法上のもつれを丹念にひもとき、夜は彼が夢中にさせてくれる。小さいレストランも、映画も、家で二人きりの夕食も楽しかったし、時には乱痴気パーティーだって喜んで参加した。週末も充実していて、リュドヴィックはまずまずのクライマーになっていたし、ルイーズは義理の両親のヨットで帆を操ることも覚えた。あとは、急がないけれど子供ができたらいい、それをのんびり待てばいいと思っていた。

だがリュドヴィックの様子を見て、自分が譲るしかないような気もした。あれだけ陽気だった彼がすっかり不機嫌になり、絶えず議論を蒸し返すようになったからだ。しかも計略を練り、二人で大旅行に出ると勝手に友人たちに言い触らし、これにはルイーズも激怒した。それ以来、みんなで集まるたびに誰かがこうからかう。

「で、その大旅行って、いつ出発なわけ?」

ルイーズが最終的に同意したのは、結局のところリュドヴィックを失うのが怖かったからだ。それに、考えてみたらその計画にさほど大きなリスクがあるわけでもない。わくわくするような大遠征に出て、満足したら戻ってくる、それだけのことではないか。しかも今しかできない、二人が元気でなければできないし、子供がいたらできない。人は年がら年中額に皺を寄せて生きていくことなどできないのだし、一生に一度くらい激しく、濃密に生きてみたっていいではないか。この最後の理屈は子供時代のあの空想物語を思い出させ、ルイーズの心をくすぐった。クライミングが好きな理由もそうした濃密な瞬間にある。余計なことを考えず、感覚を研ぎ澄まし、その感覚にすべてをゆだねるしかない瞬間のことだ。それに、ルイーズの心を温め、明るくしてくれたのはほかならぬリュドヴィックだ。彼が手を差し伸べてくれなかったら、自分はまだ孤独な世界に閉じこもり、心が干からびてしまっていたかもしれない。そのリュドヴィックがどうしてもと望むことを、どうして拒めるだろう。それでもためらうとしたら、それはクライミング前のちょっとした尻込みと同じことだ。危険なルートに挑戦するとき、ほんの数分だが山のふもとで急に怖くなり、登りたくないと思うことが誰にでもある。すでに帽子をかぶってピッケルを手にした状態で、自分はこんなところでなにをしているのかと自問することがある。そういうときはテクニックのことだけ考えればいい。そこに集中すれば足が動くようになり、ザイルをもつ手にも力が入り、わくわくするようになる。ルイーズはそんなことを考えながら何日も眠れぬ夜を過ごし、そしてある晩、不意に頭のなかがすっきりして、これは単純な話だと思った。ここで行くと言わなければ、今のままでいいと理由をつけて逃げてしまったら、一生後悔することになると。そこでルイーズはその場でリュドヴィックを起こし、行くと伝え、自ら退路を断った。

そこから大筋の計画立案をめぐって二人の駆け引きが始まった。少しずつ話し合いを重ねていったのだが、ルイーズが譲らなかったのはとりあえず期間を区切ることで、長期休暇は一年と決めた。その先のことはまたそのとき考えればいい。続いてリュドヴィックが挙げた数十の提案のなかから計画を絞り込んでいった。まず馬でアンデス山脈を越える計画を捨て、自転車でのニュージーランド横断を捨て、パキスタンの最高峰制覇も捨てた。

結局最後まで残ったのは船で大西洋を一周するという計画だった。航路は理にかなったもので、まず北大西洋を横断してアメリカ大陸へ。アンティル諸島でセーリングの腕を磨き、そこからトレッキングの宝庫として名高いパタゴニアへ南下し、南大西洋を横断して南アフリカを目指す。その先のことはケープタウンで考える。そこで船を貨物船に載せておとなしく戻れば、休暇を延長せずに仕事に復帰できる。せっかくインド洋の入り口にいるんだし、世界一周も悪くないという気になれば、そのままセーリングを続けるという選択肢もある。こうして大目標が定まると、次は細部の詰めとなり、二人は意見を戦わせ、時に激しくぶつかった。リュドヴィックは悪天候に慣れるために冬に海を渡ろうとするルイーズを笑い、ルイーズは遭難信号発信機を無駄な投資だと言うリュドヴィックを無責任だと非難した。二人のあいだはぎくしゃくした。今やこの計画は大きな夢に成長し、届かぬ星のように胸が高鳴るものになっていたので、どちらも自分のイメージどおりの計画に仕上げたくて簡単には譲らなかった。その後一年かけて、二人は各地のボートショーや、旅行業者が開催する「南の海週間」といったイベントに通った。情報収集のために知り合いもたくさん作った。その一人がパタゴニアでチャータークルーズを請け負っている古参のエルヴェで、理想のヨット探しはこのエルヴェが手伝ってくれた。そして出合ったのがジェイソン号だ。ヴァンデ地方の造船所の裏手で初めて見たとき、胴体のずんぐりした、なんだか間抜けな、ちょっと寂しい感じさえする船だと思ったものの、二人とも名前に引きつけられた。ジェイソンとはつまりあのギリシャ神話のイアソンだ。そう、神話に出てくるような大冒険をすること、自分たちの黄金の羊毛を手に入れること、それこそまさに二人が目指すところで、だからその名は運命の微笑みのように思えた。それから二人はエルヴェとともに、パタゴニア、特に最南端部の地図の上にかがみ込んで幾晩も過ごし、停泊するのにいい場所や、ウィリーウォーと呼ばれる猛烈な滑降風が襲ってきそうな場所などを徹底的に分析した。この地域の風、寒気、荒れる海、氷山について存分に語り合った。またルイーズの山仲間の協力を得て、ウシュアイア周辺のクライミングスポットの「トポ」も、そんなに登る時間があるわけないと思えるほどたくさん手に入れた。

そしてある朝、二人はジェイソン号に乗り込み、旅立ちにつきものの切ないときめきを胸に、シェルブールの港を雨霧のなかに残して海に出た。二人とも間違っていなかった。このコンビは見事に機能し、大冒険の旅はすばらしいものになり、人生は濃密なものとなった。時にはルイーズが少々うるさすぎたり、リュドヴィックが少々頼りなかったりもするが、そこはうまく補い合うことができる。どこかに錨を下ろして港町を探検し、近くの山に登って歓声を上げ、また錨を上げて海に戻り、力を合わせて操船に奮闘するという日々が何週間も続いた。朝起きると冒険が待っていて、毎日がそれまでとは違っていて、晩にはその日の発見と自由で満腹になっている。それは単なる楽しい長期休暇ではなく、歓喜を見いだす日々であり、しかもその歓喜は必ず二人を熱狂へと導いてくれた。カナリア諸島、アンティル諸島、ブラジル、アルゼンチンと進むにつれ、世界は複雑で、奇妙で、心を打ち、喜びにあふれた、このうえない遊び場だと思えてきた。リスボンでは裏通りの古びた伝統装飾タイル〈アズレージョ〉を愛《め》で、アフリカ沖のカナリア諸島では標高三千七百十八メートルのテイデ山に登って雨でずぶ濡れになり、大西洋横断中にはシイラをたらふく食べた。中央アメリカのアンティル諸島では、グアドループやマルティニークの観光地化されたマリーナよりも、モントセラト島やバーブーダ島の人気《ひとけ》のない海岸に惹かれ、そこで一週間ほど二人きりのロビンソン・クルーソー的生活を楽しんだ。ブラジルのオリンダではカーニバルに飛び入り参加し、地元の人々と肌をぶつけ合って歌い、踊り、息を切らせた。そして熱狂と汗と、サトウキビの蒸留酒〈カシャッサ〉の四日間を締めくくるときには、一緒になって泣いた。ブエノスアイレスでは携帯電話を盗まれて大笑いし、二度と買わないと誓い合った。

アルゼンチン沿岸を南下しはじめると、次第に空気が冷たくなり、空が透明度を増し、風が休みなく吹くようになった。いよいよ難所にさしかかるという陶酔感に浸りながら、二人はしけに備えて防水服を出した。だが実際しけに続けて二回見舞われただけで、早くも舵《かじ》取《と》りに使う背中の筋肉が燃えるように痛くなり、顔が塩で白くなった。このとき二人はかなりの恐怖を感じたので、その後ビーグル水道に入ってウシュアイアの醜悪な観光桟橋に船をつけたときには心底ほっとした。この町でクライミングやトレッキングの雑誌で見かけたことのある日焼けした面々と出会い、その人々にいっぱしの船乗りとして迎えられて誇らしかった。二か月間、二人は古い森の連なりを思う存分歩きまわり、ダーウィン山塊の有名なルートを何本も制覇し、マテ茶を楽しみ、地元の蒸留酒〈ピスコサワー〉のパンチ力に溺れた。薄紫に暮れる夕べにデッキで愛し合う二人を邪魔するのは、氷河のとどろきだけだった。いいことずくめで悪いことがほとんどない日々。だが地上の営み全体のなかで、それがどれほど厚かましい幸運であるかに二人は気づかなかった。

ジェイソン号の帆走距離が伸びるとともに経験と自信も増していった。二人は操船に慣れ、もはや縮帆かスピンかに迷うこともない。だが、それこそまさにクライミングで危険とされる状態と同じであることに、ルイーズなら気づいてもおかしくなかったのではないか。つまり、知識が増えてなんでもやってみたくなるが、うまくいかなかったときの対処法を完全に習得するには至っていない状態のことだ。自信と希望にあふれる二人は、パタゴニアを出て東へ向かった時点で、この旅が南アフリカで終わることはないと早くも感じていた。インド洋が手招きし、その先には広大な太平洋が待っている。

だが南アフリカまでの航路も海しかないわけではない。途上で「禁じられた島」が二人に目配せした。もう一か所くらい寄り道しても……。ルイーズは最初眉をひそめたが、禁じられると手を出したくなるのは誰でも同じで、結局二人とも腕白小僧になって目を輝かせた。

「数日か、長くても二週間ってことでどうかな。ペンギン・ウォッチングのシーズンに入ったばかりだし、ヒナが見られるぞ」

そう、二人は間違っていなかった。なにもかも目論見《もくろみ》どおりだった。一月のこの夜までは。

二人は浜辺に並んで座り、船が消えた湾を見ていた。不可解な理由で見落としていたものがまた見えるようになるなどと、もはや信じているわけでもないのに、目を離すことができなかった。二人のあいだに置かれたリュックは、唯一の頼みの綱としてはあまりにも小さい。中身も簡単に挙げられる。ピッケル二本、アイゼン二組、二十メートルのロープ、クライミングの支点確保用のナッツが三つ、サバイバルシート二枚、水筒、ライター、防水マッチ、防寒ジャケット二着、カメラ、昨夜の残りのシリアルバー三本とリンゴ二個。二人を以前の世界につなぎとめるものはそれだけだった。

リュドヴィックが我慢できなくなって口を開いた。

「腹が減った。きみは?」

「リンゴとシリアルバーがある」

ルイーズの口調は虫の居所が悪いときの横柄なものだった。それでもルイーズとしては我慢したほうで、本当はリュドヴィックを突き飛ばしてやりたかった。腹が減った? この状況でよくそんなことが言えるものだ。いつだってこの調子で無責任。こんなお手上げ状態に追い込んだ張本人がピクニックをご所望とは！　だがかろうじて自分を抑えた。つまらないことでけんかをしている場合ではないと山での経験が告げていた。

「きみはどう？」

「食べたくない」

その言い方があまりにも冷たかったからか、リュドヴィックはリュックに伸ばしかけた手を引っ込めてしまった。

「遠慮しないで。どうせこれで最後だし」

ルイーズの自制心はじりじり後退して感情が勝りそうになる。

「ほら、考えるのはあとでいいから。いつもみたいにまず行動して、あとで考えなさいよ」

これにはリュドヴィックも黙っていなかった。

「得意の説教ときたか。リンゴくらいどうでもいいだろ。どっちにしろ食べ物を見つけなきゃならないんだし、リンゴの二つくらい、あってもなくても同じだ」

「ええ、でももううんざり」ルイーズはぶちまけた。「いっつも同じじゃない。後先見ずに行動するからこんなことになったんでしょ」

「無理強いしちゃいないぜ。なにもかも一緒に決めたんじゃないか！」

こうやって二人は恐怖を怒りにすり替えた。怒りに任せて口論していれば、少なくともそのあいだだけは、なにごともなく自宅のソファーでくつろいでいるような気になれる。だがルイーズは別種の不安を感じてもいた。それはただ離れ小島に取り残されたのではなく、二人一緒に取り残されたということ。いい意味でも悪い意味でも二人一緒であり、そこから逃げられないという不安だった。こうした監禁状態に、果たして自分たちは耐えられるだろうか。

リュドヴィックのほうも似たようなことを考え、食欲も失せてしまった。ルイーズの言いようを聞いていると、自分がへまをした子供のように思えてひどくむかつく。ルイーズもルイーズだ。嫌味を言う元気があったらもっと前向きになろうと努力してもいいだろうに。そうは思いながらも、一歩進めなければとこう言ってみた。

「捕鯨基地を見てまわろう。なにか残ってるかもしれない」

「まさか。一九五〇年代に放棄されたのに？」

「でも見てみなきゃわからない」

「まあね」とここはルイーズが譲った。

だがどちらもすぐには腰を上げなかった。頭がぼんやりし、どうせなにもできない、どうせ助からないという暗示にかかって体に力が入らない。金縛りにあったように思考の泥沼にはまり、なにもかもがあやふやで、不確実で、無駄だとしか思えない。それに湾をぼうっと眺めるのをやめて行動に移るのは、恐ろしい現実に向き合うということだ。だから麻痺《まひ》状態から抜け出すのは簡単なことではなく、精神的苦痛を伴う。

しばらくしてから、リュドヴィックのだるそうな声を合図に二人はようやく腰を上げた。

「さて、行くか」

それから二時間、二人は村と言ってもいいほど広い捕鯨基地のなかをさまよった。

落ちた梁《はり》やはずれかかった鉄板、朽ちた床に注意しながら、かつての採油工場、木材の加工場、試験所などをくまなく歩きまわった。

ストロムネス島が地図に載ったのは十八世紀半ばのことだ。ド・ラ・トリュイエールがブルターニュのロリアンを出港して南米大陸最南端のホーン岬を目指す途中、相次ぐ低気圧に見舞われ、この海域に流された。そして海ばかりと思われていたこの場所で、雪に覆われた峰々が巨大なホイップクリームのように海霧から突き出ているのを発見した。その後五十年も経たないうちに、アザラシ猟の船がこの島に押し寄せ、オットセイやゾウアザラシを狩り出してはその場で加工し、油の樽にして運び去るようになった。当初、そうした加工は船上で行われた。人々は大型船でやってきて、湾内の安全なところに停泊して小舟を降ろす。猟師たちはその小舟で命がけの狩りに挑み、そのあいだに親船の甲板にはボイラーが並べられる。小舟が船べりぎりぎりまで獲物を積んで戻ってくるとさっそく解体作業が始まり、一方では動物の皮をはぎ、もう一方では脂肪を溶かして樽詰めし、作業は昼夜の別なく続けられる。すべての樽が油でいっぱいになり、船倉もオットセイの柔らかい毛皮でいっぱいになると、船は錨を上げてヨーロッパへと戻っていく。島に残されたのは不運にも厳しい風雨で命を落とした者の十字架だけだった。

十九世紀に入ると、手工業から機械工業への転換の波がアザラシ猟にも波及し、槍と銛《もり》だけの猟がもっと効率のいい大量殺戮に変わった。となれば島に工場を建設したほうが効率がよく、収益性が上がる。そこで人々は船いっぱいに資材を積んできて工場と住居を建設し、この最果ての島のほうがイングランド中部の炭鉱の町よりましだと考える貧しい労働者を集めてきた。

やがて乱獲によってオットセイとゾウアザラシの個体数が減り、その一方で捕鯨技術が進歩すると、人々は当時入り江のなかにまで入ってきていた鯨に目をつけた。そこからは捕鯨が主となり、常設の建物も増え、一八八〇年以降はまさに村のようになった。ただし男ばかりの村で、女も子供もいない。夏には島のいくつかの湾に何百人という男たちが押し寄せる。銛打ち、解体人、ボイラーマン、樽職人はもちろんのこと、その集団を追いかけて金物屋、船大工、電気技師、機械工、製帆職人、監督官、料理人、さらには数人の司祭、医者、歯医者までやってくる。冬も工場設備の維持管理のために数チームが残る。小さいボルトから食料にいたるまですべてを船が運んできて、その船が「白い黄金」と呼ばれる鯨油、皮、鯨鬚《くじらひげ》、竜涎香《りゅうぜんこう》、鯨肉、骨などを積んで帰っていく。

この当時、南緯五十度から六十度のあいだで重労働に耐えた人々は、何百頭という鯨を仕留めたことを誇りにしていた。

彼らを支えた物資も膨大な量にのぼった。文明から遠く離れたこの島に、何千トンもの木材、鉄材、機械、部品が運ばれてきた。つまりこの島の工場は孤立していたわけではなく、海のはるかかなたにある他の工場と呼応していた。海洋哺乳類の殺戮のために作り出されたこの工場と、海の向こうの工場が、はるかな距離を越えて互いの需要を満たす関係になり、一体となって地球規模の永久機関のように動きつづけた。そしてこの永久機関は何十万頭というオットセイ、ゾウアザラシ、鯨をのみ込み、動物の天国を死体置場に変え、しかもその効率があまりにもよかったので、死が生に打ち勝った。やがて動物は姿を消しはじめ、捕獲量が激減した。時を同じくして石油産業が発展し、合成油やプラスチックが開発されて捕鯨とアザラシ猟は下火になった。女性が身につけたコルセットも廃れ、その芯に使われていた鯨鬚は博物館入りとなった。

各地の捕鯨基地の閉鎖が始まったのは大戦間期のことだ。そのころ野生動物保護のための最初の措置も講じられ、血なまぐさい産業からは資本が引き揚げられていった。この島から最後の一団が出ていったのは一九五四年秋のことで、男たちが慌ただしく立ち去ったあとには哀れを誘うゴーストタウンが残された。人間の強欲の証しである建物群は雨ざらしの巨大なごみの山となり、後片づけは風の手にゆだねられた。

基地を見てまわるうちにルイーズとリュドヴィックの気持ちも少し落ち着いてきた。多くの人がここで暮らしていたことがわかり、それほど心細くなくなったからだ。役に立つものがなにか残されている可能性もある。二人はある種の感動さえ覚えながら作業場や倉庫を見ていった。

生活の場、とりわけプライベートな場所では、労働に明け暮れた男たちの心身の弱い部分が垣間《かいま》見えた。歯科治療用の椅子。小礼拝堂に残された粗彫りの奉納物。湿気でほとんどわからなくなった女の顔写真には、画鋲の錆《さび》が涙のように流れている。この基地には叫び、命令、罵声だけではなく、笑いやお祭り騒ぎもあったのだろう。だがすべてが廃墟となった今、ここから受ける印象は「浪費」以外のなにものでもなく、憤りさえ覚える。このみじめな暮らしや膨大な廃棄物の山がすべて、文明国の機械の潤滑油のため、あるいはパリを「光の都」にするためだったと思うとやりきれない。
だが二人には文明のあり方を問い直す心の余裕などなかった。今必死で探しているのは古い缶詰や食料品のパッケージであり、目のピントが合うのはそれらしき形状のものをとらえたときだけだ。二時間歩きまわったところで、二人は海岸沿いに小規模ながら本格的な造船所を見つけ、奇跡を願った。全長十メートルほどの捕鯨艇が船架から落ちたまま放置され、ほかにも数艘《そう》の小舟と錆でぼろぼろになったスクリューが転がっている。事務所と思われる建物に隣接して大きな倉庫もあり、なかに入ってみると屑鉄《くずてつ》業者が大喜びしそうなお宝が眠っていた。何百という木箱に新品の部品や念入りに包装されたエンジンが入っていて、陳列棚には径や長さごとに仕分けされた金属棒が並び、収納ボックスには大小のボルトが詰まっている。棚の一隅に置かれた二つの箱に、「サバイバルキット」という文字が消え残っているのを見つけたときには二人とも興奮した。

このあたりの島でゾウアザラシやオットセイを狩るために小舟で沿岸に近づき、遭難したという話は昔から無数にある。そのことに船主が心を痛めたのか、それともどこかの役人が同情してキットの常備を義務づけたのだろうか。だとしても、なんともお粗末な量だ。箱にはタール紙で密封した包みが十個ずつ入っていて、包みを解くと紙で三重にくるまれたパンが出てきた。油脂を加えた茶色いパンだが、味は最悪で、古い小麦粉と酸化した油の入り交じったような気味の悪いものだった。ルイーズは危うくもどしかけたが、口が拒否しても胃が要求する。二人で半分ずつどうにかのみ込むと、残りを箱ごと抱えて昨夜の仮の宿へと引き揚げた。

　また雨が降りだしたが、風はなかった。雨が奏でるもの悲しい音を聞いているうちにまた気が滅入《めい》ってきた。昨日と同じようにリュドヴィックが板を探してきたので、二人で火をおこした。その後はどちらも唯一の救いである炎の動きを見つめたままぼうっとしていた。なんとかしようという気力もなければ方法もなく、心が空になったように思える。この時期の高緯度地域では太陽がなかなか沈まず、時の流れがのろい。二人の頭の回転ものろくなり、ほとんど止まりかかった。だがそこでリュドヴィックが勇気を振り絞り、沈黙を破った。

「この島は科学調査の対象になってるはずだから、調査員が時々来るんじゃないか？　自然保護区だし、アホウドリやペンギンの生息数を調べるとか、なにかの研究をするとか、ここに来ないとできないことがあるはずだろ？　で、来るとしたら夏、つまり今だ」

「確かにね。でも基地の場所は？　この近くには見当たらない。この島は長さが百五十キロ、幅も三十キロあるし、湾と湾のあいだには氷河があって渡れない。だから調査チームが来たとしても、わたしたちには気づかずに帰っていっちゃう」

「注意を引けばいいさ。丘の上にＳＯＳのサインを出すとか、旗をつけた長い棒を立てるとか」

「でもすぐに来てくれなかったら意味がないし。食べるものがこれだけじゃ長くはもたないもの」

「じゃあアザラシとペンギンをつかまえよう。こうなったら少々罰金が増えたって関係ないしな。脂がのったペンギンの煮込みとか、けっこういけるんじゃないか？　ペンギンを食うのはぼくらが初めてってわけでもないだろうし」

ルイーズは前向きな発言の連発に驚いてリュドヴィックをまじまじと見つめた。彼の目の奥にまで視線をもぐり込ませ、この状況で楽天的になれる力の源を瞳の裏に探ろうとした。

「愛してる」

リュドヴィックがルイーズのうなじに手をかけ、二人はゆっくりと、初めてのときのようにとてもゆっくりとキスをした。島に閉じ込められた衝撃で二人のあいだに溝ができたことをどちらも感じていたし、もはや隠しようがないとわかっていた。浜辺での口論もその証拠だ。だがそれは一時的な感情の揺れであって、パニックに襲われたからにすぎないと思いたい。二人が一つであるかぎり、愛が自分たちを支え、守ってくれる。それこそが二人の力になる。男と女でいるかぎり数千キロの海の砂漠にも、孤立にも、死にも立ち向かえる、そう信じたかった。だからこのとき、二人ともどうしようもないほど相手を必要としていて、ごく自然にベッドで体を重ねた。そして、激しい情熱というより、子供をあやす親にも似た深く穏やかな情に導かれて愛し合った。

朝の四時にはもう太陽が顔を出していた。ルイーズは愛する巨人に身を寄せてもう一度眠りたかった。もう一度目を閉じ、また開けたら、魔法の力で二十四時間前に戻り、すべてがうまくいくように思えた。だがもちろんそんなふうにはならない。そこでまた、重大な結果を招いた小さな原因探しの迷路に足を踏み入れた。アンカーチェーンがほんの少し短かったから。あの嵐がよりによってこの島を直撃したから。あるいは……。

リュドヴィックが身動きした。こちらもやはり太陽のせいで目が覚めてしまい、かといって起き上がる気にもなれず、あれこれ考えていた。こうなったら現実と向き合うしかないというのはわかっている。幸い二人とも若く、健康で、頭も働く。もっと過酷な状況を生き延びた人間だって大勢いる。そもそも自分たちが求めていたのは冒険で、冒険とはつまりこういう事態に直面することではないか？　これこそが、己のなんたるかを突きつけられる本物の冒険だろう。だったらその呼びかけに答えようじゃないか。ほんの一瞬、自分が大勢の前で講演し、スタンディングオベーションを受けるところが頭に浮かんだ。

いやいや、夢想にふけっている場合ではない。リュドヴィックはシートをはねのけて起き上がった。

こうして正真正銘のロビンソン生活が始まった。朝早くから起き出して、精力的に活動する毎日。口論が蒸し返されることもなく、試練が二人を結びつけたのだと思えた。

捕鯨基地は大工仕事にもってこいの場所だった。あちらこちらにＤＩＹショップがあるようなもので、ハンマーやペンチ、木切れや鉄板が欲しければ〝店〟に行くだけでいい。二人はまずストーブをこしらえた。二百リットルのドラム缶を探してきて、前面にかまどのような開口部を、上部に排気用の穴をあける。煙突にする管を排気口にはめ込み、窓枠の一部を壊して管の先を外に出す。これで部屋に空気の流れが生じてしまうが、もう煙で目が赤くなったり、喉が痛くなったりすることはない。ストーブの完成に大いに勇気づけられ、続いて扉を直し、もっとましなマットレスを探し出し、携帯用の鍋とテーブルと椅子数脚も見つけた。もっとあとになると、行動に対してある種の拒否反応が生じるようになるのだが、このときはまだ自分たちが置かれた状況を本当の意味で理解してはいなかったので、フットワークが軽かった。つまり、まだ頭のどこかで数日、長くても数週間のうちに誰かが助けにきてくれると思っていて、夕食の時間ですよと呼ばれるのを待っている子供のように、ままごと遊びに興じていられた。それにこうやって忙しくしていれば落ち込まずにすむし、少しは安心できるし、恐怖を忘れられる。

それから何日かかけて湾の外の様子が見えるところを歩いてまわり、沖合からよく見えそうな丘を選んで石を並べ、巨大なSOSと、自分たちがいる基地のほうを指す矢印を描いた。これが思いのほか骨の折れる仕事で、なるべく白くて平たい石を集めるのだが、拾うというより鉄の棒で掘り起こさなければならず、しかも丘の上まで運ばなければならない。二人はかがみ込んで黙々と石を並べた。どちらも無意識のうちに海に背を向けていたが、それは波と氷山以外に動くもののない水平線が目に入ると、助けが来るという望みが絶たれるような気がするからだ。とはいえ、地図にジェームズ湾と書かれていた隣の湾には目を向け、ひょっとして愛艇のジェイソン号が座礁して横倒しになっていないかと気の済むまで目をこらした。だがそこにもやはり船の姿はなかった。ただ断崖に縁どられ、氷の塊が浮き、陸側から流れ込む錯綜《さくそう》した小川が銀の網のように光っているだけだ。ただしペンギンのコロニーが見えたのはうれしい驚きだった。それも大コロニーで、海岸は黒いカーペットと化している。波打ち際では海がペンギンの群れをのみ込んだり吐き出したりしているし、後ろの低い丘ではうごめくペンギンの点がブラウン運動する微粒子のようにみえる。何万羽にもなるだろう。

「やったな、食品庫は満杯だ！」とリュドヴィックが冗談を飛ばした。

今いる湾でも、ペンギン狩りはすでに二人のいちばん大事な仕事になっていた。基地のなかをくまなく探しまわったが、あのひどい味の非常食以外になにも見つからなかったからだ。すぐに空腹と保存食の残りを秤《はかり》にかけて苦しむことになり、そこでひねり出した答えがペンギンだった。ペンギンなら動きが鈍く、しかも性格がおとなしいからつかまえられる。とはいえコツをつかむまでには時間がかかった。最初はやみくもに追いまわしたが、すると何度やっても海のほうに逃げられてしまう。いかに退路を断つかがポイントで、そのためには怖がらせないように、慎重に、時間をかけて建物の一隅などに追い込んでいくしかない。一グループを確実に追い込んだら、重い鉄の棒で手当たり次第にたたく。ペンギンは声も上げずに倒れる。一羽ぐらいは嘴で足をつついてくるのもいるが、力任せにひと蹴りすれば仕留められる。食用という観点からは、ジェンツーペンギン、マカロニペンギン、ヒゲペンギンといった小さいペンギンより、体長が一メートル近くあるキングペンギンのほうが好ましい。ルイーズもリュドヴィックも良心の呵責など感じなかったし、時には思うように仕留められる快感に酔うことさえあった。以前の二人は鮮やかなオレンジがアクセントになった黒い頭に見とれたり、子育ての様子にほろりとしたり、よたよたと体を揺する歩き方を見て笑ったものだが、それは通りすがりのバードウォッチャーにすぎなかったからで、別の人生だったとしか思えない。今や二人はこの島の生態系の一部であり、捕食者として自分の分け前をとることをためらわない。

ペンギンを仕留めたら次は羽根をむしるのだが、これは難題だった。ルイーズは鶏の羽根をむしるには煮え立った湯につければいいと祖母から聞いたことがあったが、ここではそんな贅沢はできない。かといって無理やり引っぱると皮がやぶれてしまうし、むしりきれずに残った羽根は口のなかに張りつく。試行錯誤の末に皮ごとはぐしかないと悟ったが、そうすると貴重な皮下脂肪も一緒にとれてしまうのが口惜しい。さらにがっかりなのは、大きいキングペンギンでさえ大した量の肉がとれないことで、肉らしい肉といったら竜骨突起の左右にある羽を動かす筋肉くらいしかない。これは鶏のささみに似ているが、ひどく魚臭い。二人は塩味をつけるために淡水と海水を混ぜたもので茹《ゆ》で、「ささみの薄切りソース《エマンセ》なし」とか「肉片付き鶏ガラのスープ」といった大げさな料理名をつけて食事を楽しむふりをした。

野生のキャベツも試してみた。南極に近い島で実るキャベツは壊血病の特効薬になると、どこかに書いてあったのをリュドヴィックが思い出し、さっそく食べてみたのだが、あまりにも苦くて口がしびれた。苦みを和らげるには何度も水を換えて煮なければならず、時間も薪も無駄になる。そもそも基地の周りにはあまり生えていない。ほかには岩に密生している長いコンブを試し、カサガイも採ったが、そのあたりで早くもメニューが尽きた。どうやら栄養豊かな食事は望めそうもない。それになにを食べても魚臭さが残る。またペンギンで空腹を満たすには一人一日四羽必要だが、二人がいる湾はペンギンの数も限られている。

そんなわけで、隣の湾に大コロニーが見つかったのは幸いだった。二人はさっそく食料補給の遠征に出ようと決め、天気のいい日を選んでボートを出し、ガソリン節約のためにオールで漕いで、三時間かけて西側の岬を回っていった。回り込んだとたん、浜までまだ遠いというのに、排泄物と腐った魚のにおいが鼻をついた。ペンギンの数が多いので鳴き声もすさまじく、近づいていくと耳を聾《ろう》するほどになる。海から上がってくる親ペンギンは咀嚼《そしゃく》した魚を嗉嚢《そのう》にたっぷりため込んでいて、中身はヒナに与えるためすぐにも吐き出せる状態になっている。親鳥は鳴き声だけで子供を認識するので、自らさかんに声を出して呼びながら歩きまわり、よそのヒナが餌をねだって寄ってくると嘴で押しのける。ようやく自分の巣を探し当てると、ヒナを守っていたもう片方の親鳥が脇にどき、二、三羽の茶色い玉のようなヒナが巣から転がり出てきて、口を目いっぱい開けて戻ってきた親に走り寄る。そんな光景が繰り広げられるなか、ハトに似た白いサヤハシチドリが排泄物のなかを漁《あさ》る姿や、猛禽類のようなオオトウゾクカモメが迷ったり弱ったりしたヒナを捕まえようと低空飛行する姿がちらほら見受けられる。

ルイーズはコロニーにそっと足を踏み入れ、羽毛の海をかき分けるようにして進んでいった。歩くところだけ羽毛の海が開け、すぐ後ろで閉じる。人間社会にも似たこのミクロ社会のなかで、一羽一羽がそれぞれの仕事に没頭している様子に引きつけられ、ルイーズは目的を忘れて観察に夢中になった。親鳥はヒナの世話をし、ほかのヒナが来ると嘴でつつき、近くの小石を動かして自分の巣を補強する。互いにけんかするかと思えば、相手の機嫌をとりもする。なかには暇そうにぶらついているのもいるが、その目は驚いているか、考え込んでいるかのどちらかにしかみえない。そしてこの場の全体を、大集団ならではの生暖かいうねりが支配している。ルイーズはわけもわからず泣けてきた。世界から隔絶され、冬には氷に閉ざされるこの場所で、はかない命が脈々と受け継がれていることに感動したからかもしれない。いやそれとも、もっと深く、なにかを分かち合いもし、奪い合いもする同類の集団を懐かしく思う気持ちがあったからだろうか。それはルイーズ自身にもわからないが、ほんの一瞬ペンギンがうらやましく思えて、深い孤独を感じた。

群れがいっせいに騒ぎはじめ、ルイーズははっとした。振り返ると、飢えたリュドヴィックが貪欲をむき出しにして猛然とペンギンの群れに襲いかかっていた。棒が振り下ろされるたびに数羽が倒れ、周囲のペンギンがわめきながら逃げる。リュドヴィックは手を休めず、狂気に駆られたようにこれでもかとたたきつづける。ルイーズは汚らしい男が情け容赦なく鳥を殺していくさまを見てぞっとしたが、リュドヴィックのほうは顔も上げずにどなった。

「ぼっとしてる場合じゃないだろ！　倒れたやつをボートに運べ。ほかのやつが海に逃げないように行く手を塞げ！」

ルイーズはわれに返り、慌てて動いた。三十分後には百羽近くのペンギンがボートに積まれ、つややかな黒と白の山となり、濡れた羽毛が日を浴びて光っていた。それでもまだリュドヴィックは狩りを続けようとする。

「もうやめて！　これ以上積んだら戻れなくなっちゃう。それに全部はらわたを抜かなきゃならないし」

「しょっちゅう来られるわけじゃないんだ」リュドヴィックはそう言い捨ててペンギンの群れに戻った。

結局獲物の山がボートを完全に覆うまで狩りは続いた。

「よし、戻ろう。これで食品庫への道もわかったし」

だが漕ぎ出してみるとすぐに、行きとはまるで様子の違う危険な操船になることがわかった。死肉の山に腰掛けて漕ぐしかなく、山はずるずる動いて安定しない。自分の下で肉がつぶれ、骨が折れる音が聞こえるような気がして、ルイーズはたまらなかった。荷で重くなったボートは全力で漕がなければ進まないし、喫水線が下がっているので、横から波が来てボートが揺れるとすぐ波しぶきをかぶってしまう。一時間後にはボート内に水がたまり、かき出すためにペンギンの山を少しずらすことになり、その拍子に何羽かすべって海に落ち、二人は何日かぶりで口論になった。

ルイーズは肩の痛みがぶり返してつらかったが、歯を食いしばってさらに一時間漕ぎつづけた。だがすでに風が強くなっていて、なかなか岸に近づけない。

「エンジンをかけて。このままじゃ戻れなくなる」とうとう音《ね》を上げた。

「いや、ガソリンを無駄にはできない。船が通りかかったときにそこまで行けなかったらどうする?」

そこでさらに十分ほど奮闘したが、リュドヴィックもとうとうあきらめざるをえなくなり、腹立ちまぎれにオールでペンギンの山をたたいた。

「くそっ!」

エンジン音が二人の逆立った神経をなだめてくれた。それは文明の音であり、目を閉じれば島の探検から船へ戻るところだと信じることさえできそうだった。ジェイソン号が待っている、まともな食事にありつける、今夜はあたたかい羽毛布団にくるまって眠れる……。
ようやく浜に着いたときには雨が降りだしていた。大事な食料を雨ざらしにするわけにもいかず、今度はそこから仮の宿の一階まで死骸の山を運ばなければならなかった。作業を終えて二階に這い上がった二人はずぶ濡れで、へとへとだったが、どうにか火をおこした。そして今日の分の四羽の皮をはぎ、湯が沸いて肉が煮えるまで一時間近く待ち、むしゃぶりついた。そのあと、いつもならルイーズは体を洗う。いや洗うというよりぼろ布を生ぬるい水に浸したもので体を拭くだけだが、これを欠かしたことはない。だがこの日はその力さえ残っておらず、服にも手にも血や羽根がついたままの状態でリュドヴィックとともにベッドに倒れ込んだ。そして深い眠りに落ちたので、どちらも階下の騒ぎに気づかなかった。

翌朝、二人がペンギンの皮はぎに取りかかろうと階段を下りていくと、その足音でネズミの群れがぱっと散った。夜どおし食い荒らしていたのは明らかで、部屋中が解体の場と化していた。ペンギンの死骸が泥だらけの床の上一面に引きずり出されていて、内臓、食いちぎられた皮、目をかじられた頭部などが散乱している。あんなに苦労して運んできて丁寧に積み上げたペンギンの山が、内側から爆発してねばついた中身を四方八方にまき散らしたようになっている。二人が驚いて駆け寄ったとき、血だらけの内臓の山のなかから逃げ遅れた最後の一匹がひょっこり顔を出した。粘液や血液でてらてらした黒いネズミが白い歯をむいた瞬間、二人とも思わず叫んでいた。

あの努力の結果がこれとは！　丸一日かけた遠征、無理を押して運んだ大収穫が、こんな胸糞《むなくそ》悪い連中に食わせるためだったとは！　汚れた窓から差し込む陽光が、まだ無傷の三羽のペンギンをそっと照らしている。互いに身を寄せ合って横になり、瞼《まぶた》を閉じ、眠っているようにみえる三羽のペンギン。ルイーズは抱き上げて赤ん坊のようにあやしてやりたくなり、こらえきれずに泣き崩れた。

「べそをかいてる場合じゃない」

リュドヴィックは最後の一匹のネズミを追い立てるなりペンギンの血みどろの山に戻り、迷わず両手を突っ込んで選り分けはじめた。そして猛烈な勢いで食用にならないものを床に投げ出していく。

「手伝ってくれ。ほら、突っ立ってないで！」

ルイーズもはなをすすりながらあとに続き、結局その日はペンギンの死骸を選別し、皮をはぎ、ネズミが上がってこられないところに吊るす作業で過ぎていった。救えたのは四十羽ほどで、残りは残骸を集めて処分し、ネズミが再びやってこないようにできるかぎりの掃除をしなければならなかった。百メートルほど離れた小川から水を汲んできて、ほとんど毛が残っていないほうきで床をこするというげんなりする仕事だ。二人とも心のなかで、こんなことになったのは相手のせいだと責めながら、口には出さずに黙々と働いた。

午後も遅くなってから、ルイーズは夕食のメニューに少しでも変化をつけようとカサガイを採りに浜に出た。死骸の後始末に辟易《へきえき》して逃げ出したかったからでもある。引き潮の時間帯で、浜には濡れた黒い砂が顔を出し、それとは対照的に、海面は強風で水煙が上がって白んでいた。寒さが身にしみるにつれ、ルイーズは自分がいかにみじめで、見捨てられた状態にあるかを実感して愕然とした。船を失ってから今日まで、以前の暮らしを振り返ったりせず、生き延びることだけに集中してきたが、それができたのは二人一緒ならきっと乗り切れると信じていたからだ。ところが今その信頼の糸がふっつり切れてしまい、気持ちが後ろ向きになったことで堰《せき》を切ったように思い出が押し寄せてきた。税務署の五階のオフィス、お決まりのグレーの事務机、プラスチックキャビネット、コンピューター、元気のない鉢植え、レ・ドリュのポスター、廊下に漂うコーヒーの香り、ガラス張りのドア、その向こうから聞こえる同僚の甲高い声。彼らは今頃、ルイーズは南のほうでのんびりやってるんだろう、いいよなあと思っているかもしれない。もう戻ることのできない天国が頭のなかに次々と浮かんで胸が苦しくなり、せめてアパルトマンのことは考えまいと必死で思い出に蓋をした。あの居心地のいい巣を手放すとは、なんと愚かだったことか。なぜリュドヴィックの言うままになったのだろう。いや、断固とした態度をとらなかった自分が悪い。あのときは彼を失うのが怖かったのだけれど、その結果がこれだ。今や彼を失うどころか二人とも命を失いかねない。しかも彼の軽率さはここに来ても変わらず、反省の色もない。ペンギン狩りだって、あんなに欲張らなければエンジンをかけずに戻れたし、獲物をもっと安全な場所に移す時間と体力が残っていただろう。ルイーズはあれこれ考えながら海藻をもいでいたが、ふと岩のくぼみに小魚を二匹見つけて顔をほころばせた。だがうれしかったのはほんの一瞬で、引き潮に取り残された二匹が自分たちのように思え、口元の笑みは消えた。海に戻れなくなった哀れな魚がカモメに食われてしまうのは時間の問題だ。自分たちも同じ運命をたどるのだろうか？

仮の宿に戻ると火がおこしてあり、リュドヴィックが相変わらず猛然と鋸《のこぎり》を引いていた。そのがむしゃらぶりは、ルイーズにはやけになっているとしか思えなかったが、じつはそうではない。リュドヴィックはリュドヴィックで、考えた末にギアを一段上げたのだ。厳しい環境を生き抜くためには、なにをするにももっと速度を上げ、もっと攻撃的にならなければいけない。その点ルイーズは、リュドヴィックから見れば優柔不断で腰が引けていて、そこが苛立たしかった。今回の失敗も、これで一つ学んだと思えばいい。どうせまたコロニーに狩りにいくしかないのだし、オールだけで漕ぎきれるように力をつけるしかない。あるいはペンギンだけに頼らず、オットセイやゾウアザラシと戦う道もある。おれはもっとタフで、もっと野蛮な人間に生まれ変わる。そして戦って、戦って、戦いまくる。リュドヴィックは鋸を引くスピードをますます上げながら、自分に呪文をかけるようにこの言葉を繰り返した。

その晩、二人のあいだには暗雲が垂れ込めた。そしてルイーズが汚れたジャケットとパンツを洗濯したいと言ったのをきっかけに、とうとう嵐になった。

「水汲みはうんざりなんじゃないのか。洗濯なんかで薪を無駄にしてたまるか」とリュドヴィックがかみついた。

「薪ならいっぱいあるし、水を汲んできたのはあなたじゃなくて、わたし。空腹ばかりか、臭いのまで我慢するなんて冗談じゃない」

リュドヴィックはそこで爆発し、少しくらい順応する努力をしろ、ここで暮らした人間に気取り屋なんかいるものかと言いきった。それからペンギン狩りの件を事細かに蒸し返し、もう少し力があれば違った結果になりえたんだと主張した。唯一の灯りであるストーブの火が二人の顔を赤く染め、実際以上に怒っているようにみえた。リュドヴィックは腹を立てると身ぶりが増えるので、その影が背後の壁で悪霊のように揺れ動く。ルイーズの目はさかんに動くその大きな手に吸い寄せられ、以前の彼の手とは似ても似つかぬものになっていることに気づいた。引っかき傷や切り傷、擦り傷が無数にあり、腫れていて、全体が変形してみえるほど関節と血管が浮き出ている。手首には赤斑が出ていて、これは海水で濡れたジャケットの袖口で擦れたせいだ。昔の夕ラ漁師はこの炎症を瘭疽《シュー・デ・バン》の小さいのという意味で「プチ・シュー」と呼んだと聞いたことがある。

この島は早くも二人の肉体に印を刻もうとしている。傷だの炎症だのはほんの始まりにすぎない。この先もし病気になったら？　栄養不足で体が弱ったら？　冬だってやってくる……。ルイーズは片耳でリュドヴィックの説教を聞き流し、頭ではそんなことを考えながら、ストーブのそばに干した服をぼんやりと見ていた。服からは薄い蒸気が立ち上り、空気の流れに乗って窓まで上がり、そこで消えていく。そうやって気をまぎらしながら最後まで聞き流すつもりでいたのだが、リュドヴィックの余計なひと言でぶち壊しになった。

「いいかげんおれを信用しろよ」

たった一つの石がはずれたことで、ルイーズの鬱憤を堰《せ》き止めていたダムが崩壊した。心のなかでは愚痴を言いたくない、古い話を持ち出したくない、相手を責めたくないと思っているのに、ダム湖にため込んでいた大量の言葉はいったん流れだしたら止まらない。普段使ったことがない、自分がしゃべっているとは思えないようなきつい言葉や皮肉が口を衝《つ》いて出る。信用？　このばかげた旅に誘い出したのはいったい誰？　わけもわからないことを証明するとかなんとか言って、なんの不自由もない暮らしを捨てさせたのはどこの誰？　強がってこの島を探検しようなんて言い出したのは？　空が陰ってきても氷の迷宮に執拗にこだわったのは？　そのたびに信用してきたからこうなったのに、このうえどこまで信用しろっていうの？　ここで、このみじめな仮の宿で、飢えて、凍えて死ぬまで？　ルイーズが抱えている恐怖、後悔、絶望、飢えや寒さ、未来の不在が怒りに油を注いだ。自由に生きる現代的で活動的なカップルなんてもうここにはいない。そんなふりはもうおしまい。今いるのは二人のただの人間で、その目の前で〝死〟がすでに小さい火をくすぶらせている。ルイーズの声は震えたり割れたりしながらもわんわん響いた。そして話せば話すほど、ますます自分をコントロールできなくなっていった。頭の片隅で理性が、そこまでにしろ、二人で協力しなければ生き残れないぞと忠告したが、その声はなんの力ももたなかった。ルイーズのこの怒りは、船を失った日から二人のあいだに成立していた暗黙の了解、前向きに協力していこうという平和協定にとって初の挫折であり、初の亀裂だった。

　リュドヴィックのほうは自分が放った一本の矢に、無数の矢がいっせいに返ってきたことにびっくりして身をこわばらせていた。じつはリュドヴィックはもともとルイーズと口げんかをするのが好きで、いつも気軽にふっかけていたのだが、それは彼女のほうが冷静で、最後はうまく収めてくれるとわかっていたからだ。つまり口論というよりちょっとした駆け引き、あるいはゲームのようなもので、わざと大げさに憤慨してみせてわずかな陣地を獲得するのがいつもの手だった。ところが今回のルイーズの反撃は駆け引きどころではない。気がふれたように叫んでいるし、怒りのあまり言葉がつかえるほどだ。耐乏生活で尖《とが》った顔や、垢《あか》でべたついた髪のせいで、前よりやせてひ弱にみえるのに、言葉はむしろ悲愴感を帯びて力を増している。そして浅はかだ、無能だ、愚かだと露骨な言葉を次々ぶつけてくる。ひょっとして出会ったときからずっとそんなふうに思っていたのだろうかとリュドヴィックは恐ろしくなった。いや、まさかそんなはずはない。そんなに無能な男だと思っていたのなら、一緒に暮らせたはずがない。もしかしたらこの島のせいで、ここに取り残されたせいで、二人とも頭がおかしくなってきたのかもしれない。リュドヴィックは自分を見失いつつあると感じ、呆然と床を見つめた。生き延びてみせるという自信がぐらつきはじめ、それをどうすることもできない。

ルイーズの声はとうとう嗄《か》れてむせび泣きになり、やがて二人は疲れ果て、向き合って座ったまま黙り込んだ。するとこの世のものとは思えない静寂が二人を包んだ。この夜は風もなく、建物がきしむ音もしない。自分の存在さえ疑わしくなるような無音の世界。自分たちはもう島にのみ込まれたのだとしか思えなかった。

その翌日も共同生活は否応《いやおう》なく続いた。選択の余地はない。どちらも口論を続けようとは思わなかったし、その気力もなく、むしろ一線を越えてしまったことを後悔していた。昨夜は火のそばで肩を落としたまま長いあいだじっとしていたが、そのあとはいつもどおり狭いベッドに身を寄せ合って横になった。だがそれだけでは二人ともあの激しい口論の恐怖に打ち勝てず、黙ったまま、どちらからともなくうずくまるようにして抱き合った。そして今朝目覚めたときには、また暗黙の了解が成立していた。正直なところなにも解決していないし、昨夜口に出し、耳に入った言葉が消えることもない。だが孤独は不和よりもっと恐ろしいので、ここは妥協するしかない。二人の関係は磁器の皿のように気を遣うものとなり、互いに腫れ物に触るように接することになった。なにをするにも、なにを決めるにも、まずは好意を示して「これでどう?」とか「問題ないかい?」と確認し合い、それが大げさすぎて滑稽なほどだった。

それから丸一週間、好天が続いた。二人の苦悩が解消されることはなかったが、太陽のおかげで少し気も晴れた。天気がいいと島の環境もそれほど敵対的にはみえない。毎朝二人は穏やかな陽光のもとで目を覚ます。捕鯨基地もあの最初の日に二人の心をとらえた赤茶色の輝きを取り戻している。強い日差しを受けて、ぼろぼろになった鉄が青い空をレース模様に切りとっている。古い木材も灰色というより銀色にみえる。奇妙なほど入り組んだ廃墟、大きく裂けた建物、巨人が握りつぶしたような巨大タンク、そのすべてを太陽がくっきりと照らし出していて、なにもかもが思いがけない角度で積み重なっているのがよくわかる。あちらには鉄板、こちらには木の厚板がにょっきり突き出て、時の経過に挑戦している。そして乱雑な迷宮のそこここのくぼみには、緑に光るコケ、黄色の地衣類、薄紫色のアカエナなどが密生し、黄土色と灰色ばかりの世界に彩りを添えている。入り江に目を転じれば、浅いところではエメラルド色の海が深くなるにつれて黒へと変わり、水面が鏡のようになって茶色の岩肌と高みに点在する白い雪を映し出している。二人は底なしの不安をしばし忘れ、輝く島の美を堪能した。島全体を静けさが支配し、それを乱すものがあるとすればペンギンの鳴き声か、アジサシのさえずりか、ゾウアザラシが鼻を鳴らす音、つまり二人の家畜小屋は無事だと知らせる音くらいのものだった。

昼間は暑いほどで、Tシャツ一枚で動きまわれる。食料確保にすべてを捧げる毎日で、石器時代に戻ったような気がした。最初の遠征で持ち帰ったペンギンは五日目にカビが生えて悪臭を放ちはじめたので、意地になった二人はまたジェームズ湾に出かけた。今回はいたって冷静に事を進め、手際よく五十羽ほどつかまえてきて、ささみの切り身を作った。これを屋外の日陰に干せば、肉が乾いて黒ずんでくる。もちろんほかの動物や鳥に食べられてしまわないように、焼き網を組み合わせてかごを作り、そのなかに並べた。首尾よく干し肉ができたので、大量貯蔵も夢ではないと思えてきた。だが快挙と言えば、ペンギンではなくオットセイを仕留めたことだ。繁殖期のオットセイは危険なので、二人はそれまでずっと避けてきた。エルヴェからも忠告を受けていた。

「あいつらを甘く見るな。猛然と襲いかかってくるし、地上でも人間より速く移動できるからな。それに、噛みつかれでもしたら救護ヘリを呼ぶ騒ぎになる。ひどい感染症を起こすんだ」

オットセイは褐色の毛皮がつやつやかで、長い口ひげに小さい耳、大きな黒い目が愛らしいので、ついなでてやりたくなって不用意に近づいてしまう。だがエルヴェの賢明な忠告に従い、二人はまず慎重に観察することから始めた。するとすぐに、雌をめぐって雄同士が争っている状態だとわかった。雌が子供を守る一方で、雄同士は緊張関係にあり、ハレムを守ろうとする雄がちょっかいを出してくる雄を威嚇する。そういう場合、雄は相手が人間でもライバルと見なして襲いかかることがある。だから二人は近づかなかった。捕鯨の最盛期にはオットセイも乱獲され、絶滅寸前までいった。防寒用のコートにする高級毛皮としてもてはやされたからだ。その後は保護の対象となって再び数が増え、うるさい鳴き声と悪臭も手伝ってテリトリーを広げている。だが二人にはもう保護など関係ない。若いオットセイでも一頭仕留めれば確実に数十キロの肉が手に入るし、リュドヴィックは脂をオイルランプに使うことも考えていた。

そこである朝、二人は鯨の解体用の鉄具を選び、尖った先端を作業場の工具で研ぎ直し、それをかついでオットセイ狩りに出かけた。頭に思い描いていたのは冒険小説の挿絵で、狩人が勇ましく槍を構える場面や、獲物を吊るした棒を担いで意気揚々と戻ってくる場面だ。だが税務署の職員とイベント会社の社員が一夜にしてオットセイ猟師になれるはずもなく、どちらも最初からびくついていた。ペンギン狩りには危険がなく、怖くない。だがオットセイ狩りとなると生まれて初めて大きい哺乳類と渡り合うわけで、やはり恐ろしい。相手は当然抵抗するだろうし、人間が勝てるとはかぎらない。万一襲いかかられたらと思うと背筋が寒くなる。度胸は頭ではなく経験によって身につくものだが、リュドヴィックでさえ、体を張った格闘技など体育の時間のお遊び程度のものしか経験がない。だから二人は作戦談義に長々と時間を費やし、なかなか行動に移れなかったし、いざ移っても最初のうちはへっぴり腰だった。おそるおそる近寄ってはみるものの、オットセイが身を起こして唸り声を上げるやいなや飛んで逃げ、心臓をばくばくさせる。そんな試行錯誤を繰り返した挙句、ようやく隅のほうにいる小柄な雌に狙いを定め、じりじりと詰め寄った。だが二人がかなり近づいたところで、危険を察知した雌はあの鼻にかかった唸り声を上げて猛然と襲いかかってきた。こうなったらもう考えている暇はない。リュドヴィックが胸を一撃し、ルイーズは後頭部を襲った。どちらからも血がほとばしり、雌はうろたえて鋭い鳴き声を上げる。二人は相手に立ち直る隙を与えず攻撃を続け、恐怖も手伝って無我夢中で武器を振りまわした。雌は最後まで果敢に抵抗を続けたが、毛皮が血まみれになったところで倒れ、動かなくなった。本当に死んだとわかったときには二人とも安堵と誇りで身が震えた。そのあと皮をはぐのもペンギン以上の大仕事になり、終わったときには二人とも全身粘液と血にまみれ、へとへとになっていた。だがその甲斐あって、皮こそナイフでずたずたにせざるをえなかったものの、脂肪層と真っ赤な肉の塊が無事手に入り、思わず涎《よだれ》が出た。

こうして食料が増えたことで、精神的にも少し楽になった。オットセイの肉はとんでもない味だし、肉ばかり食べるせいで下痢に悩まされるが、なんといっても餓死する恐れが遠のいたことは大きい。その日の夕方、二人は浜の上のほうに並んで座り、古い鉄板にもたれて入り江を眺めた。空には長い羽根の形の雲がかかり、これはやがて天気が変わる印とされているが、今すぐどうということはない。緩んだ日差しを受けて、遠くでは氷山が鏡のように、手前では砂浜の微量の雲母がスパンコールのように輝いている。湾内は凪《な》ぎ、穏やかな夏の夕べが廃墟の殺伐とした印象を和らげてくれる。かりそめのものであっても、こうして静謐《せいひつ》に包まれたことで、ようやく現状を直視する勇気が生まれた。また直視することで、あの言い争いもすっきり水に流せるような気がした。ジェイソン号を失ったとわかってから、二人はその日暮らしで、ただねぐらと食料を確保することだけを考えて生きてきた。もちろん風の音や寝心地の悪さで夜中にふと目を覚ますと、先への不安に押しつぶされそうになるが、どちらもそれを口に出さす、共有しないことで問題を先送りしてきた。目の前のことに集中する、先のことは考えないというのもまた、ある意味では生きていくための戦略だ。だが今日、ようやく生き延びられそうな気がしてきたことで状況が変わった。二人はゆっくりと、明白な事実を直視しよう、島の滞在が長引く恐れがあるという事実をのみ込もうとした。口火を切ったのはリュドヴィックで、得意の冗談でやんわり切り込んだ。

「知恵を絞って肉料理のメニューを増やさないとな。ペンギンのささみの薄切り《エマンセ》はさすがに飽きた」

ルイーズは不意にトマトサラダが食べたくなった。

「長くなると思う？」

ルイーズは両膝を抱えて背を丸めた。お気に入りのポーズだが、大寒波を思い浮かべて身構えたようにもみえた。

「船が通りかかるさ……科学調査船とか……」

「でも、もう一月末でしょ。頭数とか数えに来るなら繁殖期に来るはずだし、だったらもう来ててもおかしくないし」

「島を巡回して、最後にここか、あるいはジェームズ湾に寄るって可能性もあるだろ？　ペンギンのコロニーがあるんだし。だったら通るのが見えるさ」

二人の目は自然に沖を向いた。靄《もや》もほとんどなく水平線がはっきり見えたが、船の気配すらない。

「見逃す可能性のほうが高くない？　夜だったら丘のメッセージは見えないわけだし」ルイーズは簡単には納得できなかった。

「夜このあたりを通ることはないだろ。なんならジェームズ湾にもＳＯＳを出しにいくか？」

ルイーズはそれでも足りないと思った。成り行き任せで、不確実な要素が多すぎる。

「こっちから探しにいくべきじゃない？　科学調査隊の基地は東のほうにあるはずだから」と思いきって言ってみた。「西じゃないことははっきりしてる。あっちは断崖と渡れない氷河ばっかりだし」

「ばか言うな。東側だって入り江のあいだには渡れない氷河があるって、きみが言ったんじゃないか。それにこの島は長さが百五十キロ近くあるって。行きつけるもんか。ここなら少なくとも屋根があるし、食べ物も手に入る。迷うまでもなく、ここに残るしかないだろ」

二人が今いる海岸からこの島の高い峰々は見えない。だがジェイソン号で近づくときに見とれたので、目に焼きついている。上のほうに純白の氷帽が広がり、ところどころに尖峰や針峰が突き出ていた。その峰々から青白い川、つまり氷河が放射線状に広がって、オレンジの房のように島を分断している。そのときはルイーズも〝未踏峰〟の連なりを前に興奮したが、今はそれどころではなく、本格的な装備も十分な食料ももたずに氷河に挑むことを考えると背筋が寒くなる。

「だとしたら、助けが来なければここで冬を越すことになるけど……」

ルイーズはそれまで避けてきた言葉をとうとう口にした。二人を待ち受けるのはとんでもなく寒く、暗く、嵐が吹き荒れる長い冬だ。それを暗示するかのようにちょうど日が傾いていく。赤紫を帯びた水平線が薄紫になり、やがて灰色になり、そこでフリーズしたように変わらなくなる。まだ夏だから完全な闇にはならないのだが、冬はその逆で、闇の時間が長くなる。このインターネット時代に、個人の位置情報を簡単に取得、追跡、記録できるこの時代に、自分たちだけがその情報網からこぼれ落ち、完全に孤立するなどということがなぜ起こりうるのか。地球上のこの一画だけが切り離されるなんて、いったいなぜ？　この大冒険に乗り出す前に、ルイーズは遭難信号発信機をもっていくことを提案した。人工衛星を使った個人用の捜索救助システムで、それをもっていれば、パソコンと識別コードで誰でも二人の足跡を追うことができる。だがリュドヴィックが腹を立て、そもそもぼくらの目的は、家族も含めてすべての監視システムから逃れ、自由に生きることじゃないかと言って譲らなかった。それに、当初はこの禁じられた島に上陸することなど考えてもいなかったのだから仕方がない。結局のところ、これはすべて二人が望んだことなのだ。自由と安全と責任は、同時実現が不可能な「トリレンマ」の一つだが、二人はそのうちの自由にすべてを賭け、あとの二つは自然についてくると思っていた。それに、いつでもどこでも技術が自分たちを支えてくれると信じていた。だが事実というのは頑固者だ。最後にはその頑固者が、それも恐ろしく冷酷な頑固者が勝利を収める。二人が夢見ていた冒険は、ひどいことになる前にいつでも衛星電話一本で、クレジットカード一枚で、よく練られた救助システム一つで遊びを中断することができるようなものだった。要するに、今二人を苦しめているのは孤独そのものではなく、文明社会から切り離されたことではないだろうか。ここにどれくらいいることになるのだろう。六か月？　八か月？　来年になっても誰もこの島に来なかったら？　このままずっと垢にまみれ、寒さに震え、石器時代のように動物を殴り殺し、皮をはぐことで一生を終えることになるのだろうか。やがて死が訪れるその日まで、二人はこの南の海の監獄に閉じ込められたままになるのだろうか。

「やっぱり行く。わたしが科学調査基地を探してくる」ルイーズはきっぱり言った。「まだ昼が十五時間くらいあるから、それほど日数はかからないと思う。アイゼンとピッケルがあるし、オットセイとペンギンの干し肉をもっていけばいいし。あなたはここに残って。そうすればチャンスが倍になるでしょ？　調査基地にたどりつければ通信機器がある。無線とか衛星電話とか」

「そりゃ危険すぎる！」リュドヴィックは思わず叫んだ。

一人で残ると思っただけでぞっとした。

「そもそも」と続けた。「狩りをするにもボートを漕ぐにも二人必要だろ？　それにきみがクレバスに落ちたり、けがしたりしたらどうする。いいか、このまま船が来なかったらここで冬を越そう。それで春になってから、二人一緒に科学調査基地を探しにいけばいいじゃないか」

どちらもそれぞれに理屈をこねたが、じつのところルイーズも一人で行くのは怖かった。経験豊富な登山でさえ、安全を確保し合うザイルパーティーなしで挑んだことは一度もない。

日が沈むと、昼間の陽気な表情を失った古い建物群が薄明のなかで不安をかき立てる。冷たい西風が吹きはじめ、鉄板がきしんだ。二人は仮の宿に引き揚げた。

おかしなことかもしれないが、ここで冬を越すと決めたことで二人は逆に解放された。ただ助けを待つという状態から解き放たれ、頭のなかで未来が再び形をとり、生活再構築の基軸ができはじめた。つまり冬に備えることと、気晴らしの方法を見つけることだ。

二人は夢中になって家の手入れに取りかかった。こうなったら廃屋のままの〝仮の宿〟ではなく、きちんとした家でなければならない。住所も二人のアパルトマン、パリ十五区アルレ通り四十番から番地をとってきて〈四十番〉とつけた。一階を「キッチン」とし、獲物はそこで処理する。大事な食料を保管する一画には金網を張り、ネズミが入れないようにした。二階の広い共同寝室は「アトリエ」とし、レンガの上に扉板をのせて作業台も作り、ちょっとした大工仕事ができるようにした。予備の薪や大きな道具類もここに置くことにして、狩猟用具、ナイフ類、砥石《といし》、棍棒《こんぼう》として使えそうな鉄棒、貝や海藻を入れるための古い麻袋などを並べた。いちばん手をかけたのはもちろん二階奥の元現場監督の部屋だが、呼び名はただの「部屋」のままだ。二人は何度も廃墟を歩きまわり、使えそうな金属や板を集めてきてこの部屋を整えた。驚いたことに、数か月前ならただの屑としか思わなかったようなものが、今ではどれも宝物にみえる。油の品質管理室だったと思われるところには、大きな瓶やフラスコ、厚底瓶、緑や灰色に変色した銅の鉢などが残されていた。二人はそれらを使って苦労してオットセイの脂を溶かすと、布を縒《よ》って芯にして、オイルランプを手作りした。

「部屋」の出来映えはなかなかのものだった。ドアを開けるとぼろきれで覆われた床が現れ、足元の冷たさを和らげてくれる。左手のストーブの前には椅子代わりに鯨の椎骨が二つ置かれ、窓も夜になったら覆えるようにカーテンらしきものが吊り下げられている。正面には数段の棚がしつらえられ、その日の食べ物、登山用具、工具類、釘やビスなどが置かれている。棚の下には古い事務机を改造したテーブルがあり、椅子が二脚押し込まれている。右手の隅がベッドで、天蓋代わりに虫食いのある布がかけてある。眠るときはこの布が隙間風から守ってくれるし、なんとなく安心感を与えてくれる。そしてこれらすべてが煙臭く、すえた脂と湿気のにおいを放っているのだが、もう気にならなかった。それが二人のにおいであり、生活のにおいになっていた。

苦戦したのは住よりも食のほうで、オットセイ狩りで問題解決と思ったのは甘かった。よく晴れて湿度が低いあいだは肉もどうにかもつのだが、少しでも湿度が上がるとすぐに腐りはじめる。二人は危うく中毒で倒れかけ、その時点でほとんどの肉を捨てざるをえなかった。二日間這いつくばって吐きつづけ、中毒の恐ろしさが身に染みた。そこで、天日干しがだめなら煙でいぶしてみようと思い、天気のいい日は外で、悪い日はキッチンでもやってみた。だが効率が悪く、ある程度肉を乾燥させることはできるものの、薪をたくさん使うし、火の世話にも時間をとられる。思いも寄らぬ壁にぶつかり、二人はああでもないこうでもないと議論した。いったい昔の人はどうしていたのだろうと首をひねり、本に出てきた開拓者や冒険家はどうだったっけと記憶を探った。ひょっとして自分たちが特別に無知なのだろうか。それとも食料不足から解放されたことで、人間が多くの知恵を失ったということだろうか。あるいは運悪く天然資源に乏しい島に来てしまったのだろうか。二人が覚えているかぎりでは、さまざまな状況でロビンソン生活を強いられた人々も、食料探しだけに追われてはいなかったはずだ。また、アザラシ狩りの猟師たちがアホウドリやペンギンの卵を何百個も集めたという記述を思い出し、結局のところ過去の人間の乱獲のせいで、野生が以前の豊かさを失ったのだという結論をひねり出した。そういえばフランスでも猟や漁がめっきり減って、それで国民を養っているとはとても言えない状況だし、国民のほうも遠い祖先のように塩や砂で食料を保存する知識などもはやもっていない。

もう一つ思い至ったのは、昔の人間は現代人ほど食べず、しかもまずいもので満足していたはずだということで、その点おいしいものがいつでも食べられる環境にいた二人は分が悪い。そんな二人が今や一日中空腹で、夜中にも空腹で目覚める毎日を送っているのだから、つらいのは当然だ。胃痙攣と唾液分泌が始終緊張とフラストレーションを生み、時には涙があふれてくる。しかも空腹というのは油断がならず、日によって度合いがばらばらで慣れることができないし、予測して対処することもできない。バターをのせて塩を振っただけの茹でたてのジャガイモ！　さっと強火で炒めたハーブ入りソーセージ！　ハムのパスタ！　そうしたものを思い浮かべると空腹の度合いが跳ね上がる。だが同時に、そんなありきたりの料理の味さえすでに忘れてしまっていることに気づいて愕然とする。二人の味覚の世界は、程度の差はあれ常に悪臭のする魚と、魚の味のペンギンと、これまた魚の味のオットセイに絞り込まれていて、それ以外の味はもはや虚構にすぎなかった。

二人はやせた。リュドヴィックは目に見えて筋肉が落ち、ますます背が高くみえるようになった。もともとやせていたルイーズはそれ以上細くはならず、むしろ体が縮んで背が低くなったようにみえた。手足が弱って体を支えられなくなり、重みで押しつぶされてしまったかのようだ。しかもふらふらしていて、いちいち口にするのも面倒なほど始終めまいに襲われる。

日は次第に短くなった。空は不機嫌になり、いつもだいたい灰色で、そこに黒っぽい袋ができて膨れたかと思うと、破れて豪雨になる。二人は毎日穏やかな天気を期待したが、ベッドのなかで目を覚ますと同時に、建物の隅で吠える風と大粒の雨がたたきつける音が聞こえてきてがっかりする。小さいボートを手で漕いでジェームズ湾に行くのも次第に難しくなってきた。悪天候のなかでは岬を回り込むところで大きな波に襲われるので、転覆の危険がある。だが自分たちの入り江のペンギンはあらかた食べつくしてしまったので、なんとしてもジェームズ湾に行かなければならず、仕方なく陸路を開拓した。とはいえ、海岸沿いに行くとコケですべる大きな絶壁にぶつかるし、内陸を行くととんでもない遠回りになる。内陸ルートは、まず最初の日と同じように谷を上がっていき、途中で右に折れ、石ころだらけの脇道をどうにかこうにか小川まで下り、また上って突風が吹きつける峠を越える。そこからは断崖沿いに百五十メートルの危険な坂があり、そこを無事下るとようやくペンギンのコロニーにたどりつく。帰りは仕留めたペンギンを背負ってその道を戻るわけで、重いので濡れた岩ですべりやすく、岩の尖ったところにジャケットを引つかけて破ることもある。一時間の狩りを入れて往復で七時間かかり、〈四十番〉に戻ったときには疲れ果てている。それでいて持ち帰れるのは三十羽が限度だ。

一方、食料以外のめぼしい収穫物の一つに古いノートがあった。品質管理室で見つけたもので、どのページも几帳面な字で埋められていて、主に数字が並んでいる。かつての殺戮の報告、油の量や品質の記録で、そこに記された大量の油は後日大金に換えられたはずだ。今ではノート全体がゆがんでいて、どの紙にも染みがあり、錆も浮き、さらにカビが生えて青だのピンクだの緑だののバラ模様を描いている。それでも、そのノートは二人に〝以前〟を思い出させる貴重な宝となった。頭に浮かぶのは包装を解いたばかりの乾いた音がする白い紙。ちょっと走り書きしただけで、見事な放物線を描いてごみ箱送りになる紙。リュドヴィックは配りきれなかったパンフレットの山を箱ごと回収していたことを思い出したし、ルイーズは日記をつけていたしゃれた手帳を思い出してため息をついた。いつも紙質にこだわり、マシン仕上げ紙、嵩高紙《かさだかし》、簀《す》の目紙《めし》、花崗岩《こうがん》模様紙などを吟味して手帳を選んでいた。紙に応じて、その上に書く内容まで研ぎ澄まされるような気がするから不思議だった。だがこの島では紙は贅沢中の贅沢であり、まさに技術の至宝だ。二人は細い棒を削ってペンを、煤《すす》と脂を混ぜてインクを作った。粗雑なものだが、なんとか小さい字が書ける。そこでノートの紙の裏に日記をつけることにした。まずは今日が何日かでもめたが、その後は毎晩、一日の成果や出来事を書き留めるのが日課となった。ただし紙がもったいないので数行しか書かない。たとえばこんなふうに。

二月六日　アトリエのテーブル完成。
二月十二日　ペンギンを三十二羽仕留めた。キッチンで燻製開始。
二月二十一日　ペンギン十羽分が腐敗。海藻一袋、カサガイ三つかみ分採取。
二月二十三日　よく切れるナイフの刃が折れた。雌のオットセイ一頭を仕留めた。

こんなささいな日記でも二人にとっては無常の喜びで、これで新たに自分たちの歩みが記録されるようになり、文明人としての普通の暮らしに近づけるような気がした。面白いのはどちらも失敗より成功を、迷いより強い意志を書こうとする傾向にあったことで、それは無意識のうちにいつか誰かがこれを読むと想像し、いい印象を与えたいという思いが働いたからだろう。いい成果が出ると自分の名を記したいと思うこともあったが、お互いそれだけは絶対にしないと誓い合った。なんといっても連帯が第一なのだから。

とはいえ、本音をいえばどちらも自分だけの日記をつけたかったし、それができたらどんなにストレスが発散できるだろうかと思った。

もう一つ大事な日課となったのは記憶のなかから知識を引っぱり出すことで、二人は毎晩、赤々と燃えるドラム缶ストーブのそばで身を寄せ合い、読んだことのある本の内容を語り合った。たとえばシャクルトンやノルデンショルドの極地探検について。先人の探検物語は時に二人を勇気づけ、苦境に陥った人間が発揮する底力を信じさせてくれる。だが逆に、そうした先人に比べて自分たちがあまりにも無能に思えて、絶望することもある。また気分転換に、小説、歴史、地理などを取り上げる日もあった。だがこれが、意外なことに覚えているようで覚えていないのだ。ルイーズは文学の素養を自慢にしていたはずなのに、『不思議の国のアリス』を正確に思い出せなかったし、『ボヴァリー夫人』や『赤と黒』のあらすじを語ることもできなかった。リュドヴィックのほうも、歴代のフランス王を挙げようとしてもたつき、アフリカの地図を描こうとして手が止まった。だがこうなってみると、そうした知識はどれも現実と関わりの薄い無益なものに思えてくる。二人にとっては文化の一部であり、社会規範構築の一助をなすはずのものだが、この島では通用しない。ここでの食料確保や疾病予防には役立たない。それでもなお、かすかな記憶をたどる努力をやめることはできなかった。なぜなら、それは絶望にのみ込まれないための防御であり、あの懐かしい人間社会に今でも属していると信じつづけるための手段なのだから。普通でありつづけることは今や一種の義務であり、抵抗の手段だった。また記憶に関しては二人が互いに黙っていたこともある。〝以前〟の世界について頻繁に頭に浮かぶのがかなり幼稚なものだということで、無意識に口ずさむ童謡や、祖父との散歩の光景、チョコレート粥のにおいなどがそうだった。こうした一種の「退行」はどちらにも見られたのだが、互いに知らずにいた。

日常生活においては、きちんとしたリズムができれば無気力や怠惰に陥らずにすむと信じて、規則を定めることにした。朝はつらくても早いうちにベッドを出て、ルイーズの指導でストレッチをしてから、その日の仕事を話し合いで決める。仕事がすべて完了しないかぎり夕食にしない。手際が悪いせいで暗くなっても仕事が終わらず、煤の出るオイルランプの心もとない灯りを頼りに続けることもしばしばだった。水汲みと火の世話は当番制とし、ライターを節約するために昼夜を問わず火を絶やさないことにした。義務を怠った場合の罰則までもうけた。ルイーズが子供のころの年末の決まりごとを思い出して、同じようなシステムを提案したのだ。ルイーズの家では十二月に入ると毎年、二十四個の穴が縦に三列並んだ木のパネルが壁に掛けられる。子供一人に一列で、ルイーズと兄二人で三列だ。そして毎晩、両親がその日の子供たちの行いを評価し、穴にはまるようになっている星形の鋲の位置を上げたり下げたりする。二十四日経つとクリスマスイブで、サンタクロースは星がパネルのいちばん上にあるかどうか、子供たちがご褒美に値する行いをしたかどうかを確認してからプレゼントを置いていくとされていた。もちろん星はいつもいちばん上まで行くようになっていて、イブが近づいても下のほうにあるときは、家事の手伝いを引き受けることで点数を稼げるしくみだ。リュドヴィックは子供染みていると思ったが、ルイーズがそれで喜ぶならと同意した。晩に仕事が終わると、まず義務として体を清潔にし、それから縁の欠けた碗に食べ物を取り分ける。分量は厳密に量り、体の大きいリュドヴィックはさじ一杯分多く食べてもいいことにした。食事のあとはその日の仕事ぶりを振り返り、各自の成果を披露し合って互いに評価し、結果に応じて腐った板の上の錆びた鋲の位置を上げ下げする。そして日曜日にその週の結果を比べ、負けたほうの翌週の水汲み当番を増やす。ルイーズは日曜日を休日とすることにもこだわった。狩りや漁はもちろんのこと、道具作りなどの生産活動をいっさいしない日とする。この島での「主日」ということだが、そう呼ぶと無神論者の二人にはふさわしくないだろう。いずれにせよ、日曜はベッドでのんびりし、一日分の栄養摂取にも時間をかける。なんとなく抱き合うこともあるが、もちろん妊娠などしないように気をつける。外に出るとしても散策のためで、以前の気楽な山歩きの気分で谷を登ったりした。雨ならば、ルイーズはペンギンの皮なめしに挑戦し、丹念にこすって柔らかくしようと夢中になり、リュドヴィックは流木で下手な動物像を彫った。

こうした決まりごとは徐々に迷信に近づき、二人ともそれを怠るのは自らを欺くこと、黙示の契約を破ることであり、裁きを招くことさえあると感じるようになっていった。努力し、義務を課し、己を制し、結果の良し悪しを自ら判定することが、この新世界の学習の一部になった。運命は各人の精神と行動を吟味して、賞賛に値する者だけに情けをかけるのだと思えた。またこれらの義務のおかげで時間を有効に活用できたし、〝今〟という緊張の場にとどまり、分別を保つことができ、未来について必要以上に思い悩まずにすんだ。二人にとっては内省と達成感とたゆまぬ努力こそが人間性の証しであり、今の二人を単なる捕食動物と分かつもの、同じような洞窟生活をしていた旧石器人と分かつものだった。社会のまねをしているかぎり、自分たちはまだ社会に属していると思える。要するに、この島とパリ十五区の違いは形式的なものにすぎず、本質的なものではないと信じたかったのだ。

その日も空はどんよりして、小糠雨《こぬかあめ》が降っていた。二人のジャケットは軽いトレッキング用のもので、しかもあちこち破れてしまったので、もはや湿気も寒さも防いでくれない。二人は薪にできそうな板を海辺の小屋に集めておこうと考え、さっそく運びはじめたところだった。どれも古いのでひどくささくれていて、うっかりすると手を切ってしまう。だから集中し、下を向いて黙々と作業した。肉体疲労も精神疲労も日に日に増す一方で、回復することがないように思える。ルイーズはため息をつき、背を起こして腰をさすった。ふと沖に目をやると、船が見えた。雨で海上も少し煙っていたが、それでもはっきり、大きな船が海岸線と平行に航行しているのが見えた。一瞬幻覚かと思ったが、間違いないとわかると胸に熱いものがこみ上げ、それが体内を満たし、ルイーズを震わせた。もちろん心地よい熱だ。

「リユ……リュド、見て！」

ルイーズは興奮のあまり彫刻のように固まってしまい、指さすことさえできなかったが、その必要はなく、リュドヴィックもすでに気づいて引きつった笑顔を浮かべていた。

「うおおおっ、急げ、ボートを出せっ！」

「なに言ってんの、火をおこさなきゃ。のろしを上げるのよ！　ガソリンとってくる」

二人は慌てふためき、こめかみがぴくぴくした。どうするか話し合っている暇はない。丘の上にメッセージを描いたときには船が近くを通ることしか頭になく、通りかかりさえすればメッセージに気づいてくれると思っていた。ところがこの船は遠い。この距離では薄靄に包まれた島影が見える程度で、それ以上細かいものは見分けられないだろう。全長百メートルを超す大型船。観光客をパタゴニアか南極に連れていくクルーズ船の一つに違いない。重苦しい空の下、黒っぽいその巨体には無数の灯りがついていて、その並び方で甲板、通路、船室などの位置がわかる。なにもかも整った心地よい世界。なにもかもが容易な楽しい世界。それが今すぐそこに、二人の目と鼻の先にある。

浮かぶ大聖堂のような大型クルーズ船とは、これまでに海上で何度もすれ違ってきた。そのたびに、二人はガラス窓の後ろでお茶をすすっている老年の気取り屋たちをばかにして、こっちは本気の旅だと胸を張ってきた。だがこの瞬間、立場を入れ替えられるなら、二人ともなんだって差し出しただろう。あの船がこのまま行ってしまったらどうしようと思うと息が止まりそうだ。

リュドヴィックが浜のボートのほうへ飛んでいったので、ルイーズは彼にガソリンを任せ、自分はライターをとりに家へ走った。だがライターを手にして再び家を出たとき、リュドヴィックがまだおかしなことを考えていると気づいて愕然とした。ボートを出そうとしている！

「リュド！　のろしだってば！」

ルイーズは息を切らせて波打ち際に駆けつけた。クルーズ船は？　船はすでに視野のなかほどを過ぎている。このままでは通り過ぎてしまう。だめ、やめて！　待って！　沖合の船に向かって叫びながら、ルイーズはボートに飛び乗り、船外機のガソリンタンクをはずした。だがそれに気づいたリュドヴィックがすぐさま奪い返した。

「おまえあほか？　行くんだ。あいつらに追いつくんだ！」

「ばかね、追いつくわけないでしょ。あの船はずっと速いし、ボートなんかに気づきゃしない。今必要なのはのろしで……」

言いおわらないうちにルイーズはリュドヴィックに突き飛ばされた。その瞬間、言葉も理性も吹っ飛んだ。二人はむき出しの怒りと焦りに駆られ、顔をゆがめてとっくみ合った。力はリュドヴィックのほうが強いが、ルイーズも負けてはいない。容赦なくかみつき、引っかき、あの手この手で粘る。互いに相手にしがみついてあえいでいるのだから、その目に憎しみの色がなければベッドのなかと間違えそうだ。だがこれは戦いであり、それもまさに生死を決める戦いだった。結局男の力が勝り、リュドヴィックがルイーズを砂浜に投げ倒し、彼女が鼻血を流して倒れているのもかまわず勝利の雄たけびを上げながらボートを波間に押し出した。そして立て続けに三回エンジンをかけようとし、そこでガソリンタンクがはずれたままだと気づいた。リュドヴィックの手は震え、激しい鼓動で胸が痛かった。必要以上に手間取ったものの、ようやくエンジンが唸りはじめたのでアクセルを全開にした。

ルイーズは目が回って起き上がれず、這いつくばったままわめいた。

「だめ！　戻って！　ガソリンが要るんだってば！」

拳で思いきり浜をたたいたら、砂粒がぱっと舞った。煮えくり返る思いとともに、たった今体験した暴力の爆発が恐ろしくて体が震えた。あまりにも強い嫌悪感だったので、ナイフをもっていたら彼の背中に突き立てたかもしれない。屈辱感がこみ上げたが、それが投げ飛ばされたからなのか、それとも大脳辺縁系が命ずるままになったからなのかわからない。だが遠ざかっていくエンジン音で正気に返ると、ルイーズは跳ねるように立ち上がり、ヒンジが壊れそうな力でライターを握りしめ、ほんの少し前に二人で運ぼうとしていた板の山に駆け寄った。そして釘や刺で手が切れるのもかまわず、なるべく小さくて、なるべく乾いていそうな木片を拾い集め、ライターで火をつけようとした。だが指先をやけどしただけで、木は燃えてくれない。もう海のほうを振り向く勇気もない。とにかく火をおこすしかない。もしかしたら乗客が景色を眺められるように船が減速したかもしれない。もしかしたらちょっとした煙くらい立てる時間が残されているかもしれない。ルイーズはおろおろと周囲に目をやった。断熱材代わりのつもりだろうか、古新聞で内張りした板が転がっていた。すばやく新聞を引きちぎり、震える手でライターを近づける……ああ、神さま、どうか火をつけて……。それは十八歳のとき母親に、わたしは神を信じていないしミサにももう行かないと宣言して以来、初めての祈りだった。すると奇跡が起き、新聞の炎がふるふる揺れたかと思うと、木片に移った。ルイーズは満足のため息をもらしながら慎重に木切れを足していった。数分で赤い目ができ、小さい火がくすぶりはじめた。もう少し待ってから腐った板を足せば立派な煙が上がるだろう。ルイーズはようやく立ち上がって振り向いた。湾は空だった。クルーズ船もボートも姿を消し、薄い靄のなかに氷山の輪郭だけが青白く浮かび上がっていた。

ルイーズはくずおれ、冷たすぎてなんのにおいもしない地面につっぷして大声で叫んだ。絶望と、すべてを台無しにしたリュドヴィックに対する憎しみと、先程のとっくみ合いの衝撃がどっと押し寄せてきて頭がおかしくなりそうだった。それに加えて孤独までもが骨が折れそうなほどの重みになってのしかかってくる。自分はこのまま死ぬんだと思った。それならそれで、長く苦しむよりましかもしれない。そもそもリュドヴィックが戻ってこなかったら、ほかに誰がルイーズの死を悼んでくれるだろうか。両親は冒険旅行のことを頭ごなしに非難し、「いい仕事に就いていながらなんてばかなことを」と言い捨てた……。

結局のところ自分はいつまでも「おちびちゃん」で、勘定に入らないままなのかもしれない。

ルイーズの叫びは止まらず、誰もいない入り江に響きわたった。喉が破れそうな大声になったところでしゃがれ、いったんむせび泣きになったが、そこからまた音量を増していっそう苦しげに空に響いた。二羽のペンギンが驚いて、羽をばたつかせて逃げだした。


リュドヴィックは湾の出口までフルスピードでボートを走らせたが、外海に出かかったとたん左右から来る波に襲われて減速せざるをえなかった。仕方がないのでふらつきながらもそこで立ち上がり、ジャケットを脱いで頭上で大きく振った。だがクルーズ船はどんどん遠ざかっていく。いやそれでも、甲板でたばこを吹かしている船員とか、好奇心の強い乗客とか、一人くらいこちらを見ている人間がいるだろう。そういえば地中海で、たまたま野菜くずを捨てに出てきた船のコックが海に落ちた男を見つけ、無事に助けたという話があったじゃないかと自分を励ました。ボートはあらゆる方向に揺れ、ずっと立ってはいられない。それにここでは遠すぎる。もっと船に近づかなければ！　リュドヴィックは入ってくる水を片手でかき出しながら再び速度を上げた。だが三十分経つと、クルーズ船はもはや灰色の遠景に揺れる光の点にすぎなくなった。そんなばかな。冗談じゃないぞと思ったが、それが現実だ。リュドヴィックは理由もなく懲役を延ばされた模範囚のような気分になり、憤怒《ふんぬ》と欲求不満と不安で喉が締めつけられて息ができなくなった。何週間も闘ってきたのに。惨めな暮らしに耐えてきたのに。ルイーズを元気づけようと以前のように冗談も飛ばしてみたし、彼女が決めた山ほどのおかしな規則にも従ってきたのに。それがすべてあんなちゃらけた船にばかにされるためだったとでも？　そりゃあんまりじゃないか！

不意に、普通でありきたりのものが羨ましくてたまらなくなった。たとえばあのクルーズ船のなかの世界。シャワー、整えられた食卓、控え目な音楽。あるいはもっと遠くの水平線のかなたの世界。この時間には帰宅途上で渋滞に舌打ちしているか、あるいは友人と一杯やっている人々。自宅のソファー、自分のパソコン。ポケットの鍵を探るときの音、タマネギを揚げる香ばしいにおい、あの雨の日の地下鉄でさえ今は羨ましい。この手に取り戻せたら……。

驟雨《しゅうう》が水平線上の希望をかき消し、リュドヴィックはずぶ濡れになって震えた。頭がふらふらする。現実に引き戻され、今の自分を顧みた。ぼろを纏《まと》ったひげぼうぼうのやせ男。波間に揺れるゴムボートの上で己の弱さに屈した男。そしてその男は、戻るしかないと悟るのもまた遅かった。速度を落としてもボートはひどく揺れ、何度も転覆しかかった。安定を保つには海岸線に対して斜めに進むしかない。沖合から見ると島は陰気で、黒と薄汚れた白だけで描かれた単彩画のようだ。雪がまだら模様になった黒い荒れ地に向かって波が牙をむいている。リュドヴィックはエンジンを切り、すべてを波に任せた。あの過酷な島に戻ってなんになる？　ここでけりをつけるほうがましだ。このまま夜になれば冷気が無情な爪を伸ばしてきて、自分は次第に感覚を失って眠りに落ちるだろう。闘いをやめ、終わりのない悪夢をここで断ち切りたい。ただ眠ればいい。空腹を忘れ、これまでつきまとってきた明日への不安を忘れて眠る……。ずっと闘いつづけてきた疲れがどうしようもないほど重くなっていた。クルーズ船を見てよみがえった希望が深い絶望となって戻ってきて、リュドヴィックの心をくじいた。あまりにも疲れがひどくて身動きできない。あとは自然の力に身をゆだねるだけだ。リュドヴィックは揺れるボートの底で身を丸め、これといったあてもなく空想の世界に入っていった。このまま眠りに落ちるにはなにか柔らかいもの、暖かいもの、あるいはほっとさせてくれる人が必要な気がする。

そういえば、初めての女性は誰だったっけ。アメリ？　美人というわけじゃなかったが、向こうはその気だぜと仲間にそそのかされた。アメリは顎がしゃくれていて鼻が大きかったが、リュドヴィックもそうだ。だから顔を近づけるとき互いの鼻がどうなるのか心配した。結局鼻は問題なかったが、キスの味には閉口した。もっといい思い出を探そう。そう、ルイーズだ。彼女を手ほどきしたのは自分だと思うと、リュドヴィックは今でも誇らしくなる。最初のうちはなかに入ろうとすると彼女が体をこわばらせて逃げようとした。そこで前戯を長くし、軽い愛撫を重ねたり、不意にやめてじらしたりと工夫を重ねた。すると彼女が子猫のような声を出しはじめ、その声が次第に大きくなって苦痛の訴えから歌へと変化し、やがて高音にたどりついた。その晩リュドヴィックは、これで女性性を理解したと思った。彼女が上になったとき、小さい乳房が三角に垂れるところも好きだった。ぼくのルイーズ、小さい、とても小さいルイーズ。歌を思い出した。

「ちっちゃい、ちっちゃい、とってもちっちゃい……」

ボートは死んだ魚のように流されていく。好奇心に駆られたオオフルマカモメがひとしきり上空を旋回したが、この大きなやつは食べられそうもないと思ったのか、どこへともなく飛び去った。

「ちっちゃい、ちっちゃい……」

寒い。ルイーズはなぜ暖めにきてくれないのか。ぼくはあんなに暖めてやったのに、ひどいじゃないか。ほんの少し暖まりたい。それだけでいいのに。ルイーズは意地悪で、冷淡で、手厳しい。あのろくでもない山にしか興味がない。ぼくと出会っていなかったら、埃っぽい税務署の片隅であのままオールドミスになっていたに違いない。友人といえば間の抜けた山仲間だけ。寒すぎる。頼むから誰か暖めにきてくれ。ルイーズがだめならママが来てくれる。美人のママ。学校まで送ってくるママをクラスメートに見せびらかすのがうれしかった。でもママもいつも優しいわけじゃない。仕事があってひどく忙しい。

「リュド、だだをこねないで。会議が終わったばかりでママは忙しいの……いい子にして、ほら、汚い手でお洋服に触らないでちょうだい……いい子にしてね、今夜はイリナが来てくれるから。ママはパパとお出かけだから……いい子にして……」

ぼくはずっといい子だ。ずっとそうしてきた。リュドヴィックはますます身を丸めて小さくなった。波しぶきがかかって底にたまり、ボートが揺れるたびにぴちゃぴちゃいっている。

そこへなにやら大きな音が聞こえてきて、リュドヴィックの脳に入り込んで眠りを妨げ、苦い夢の糸を切った。一定の間隔で繰り返される水の落下音だ。うっすら目を開けるとすでに夕暮れだった。南緯五十度のなかなか沈まない夕日。雲が少しだけ切れて低い角度から日が差し、島のあらゆる凹凸を照らし出した。コケの帯が黄金に染まり、岩棚の一つ一つが形をなし、鳥の排泄物の白い層まではっきり見える。崖の下に目をやると大きな波が派手に砕け散っていた。切り立つ崖に打ち寄せる波が蛍光色に泡立ったかと思うと、間欠泉のように噴き上がる。そして岩壁を舐《な》めながらメドゥーサの髪のように水の筋を引いて落ちていく。リュドヴィックは勘弁してくれと思った。もう一度目を閉じて厄介な映像を消し去りたかった。だができない。一度見てしまったらもうできない。崖はすぐそこに迫っている。このまま風に押されてボートが近づいたらおしまいだ。目の前で死が手まねきしている。リュドヴィックは体が岩にぶつかってつぶれるところを想像した。尖った石が皮膚を裂き、波をかぶって息ができなくなる。嫌だ。今じゃない、ここじゃない！　ボートは早くも磯波が泡立つあたりに差しかかる。疲労で瞼が重いが、ここはいやでも目を開けなければならない。船外機まで這っていってスターターロープを引くかと思うとうんざりだったが、砕け散る波の轟音があまりにも恐ろしくて思わず力が出た。エンジンがかかり、ボートはぎりぎりのところで難を逃れた。薄闇が次第に広がるなか、ボートは難所を逃れ、そのまま海岸沿いに進んでいった。

それから三十分は経っただろうか。リュドヴィックはずっと不思議な感覚に包まれていた。長く床についていたようにだるく、めまいも続いている。もうなにが起きたのかよくわからず、ただ大きな船の船尾の光が点になって消えていくところだけが目に焼きついている。だがそのうち、こんなふうに薄暗い海を漂うのは愉快だと思っている自分に気づいた。たった一人で未知の海域を行く。これ以上の自由があるだろうか。熱病に冒されたように震えてさえいなければ、自分がまだ子供で、学校帰りに寄り道して肝試しでもしている気分になれただろう。

ふと見ると、断崖に細い隙間があいていた。夏も終わりとはいえ、南緯五十度を超すこのあたりではまだ夜空が完全に暗くなることはない。水平線に青白い筋が残っていて、そのおかげで隙間の先にごく小さな入り江があり、黒いビロードのような水面が広がっているのが見えた。ボートは隙間を抜けて入り江に流れ込み、数分するとスクリューが浅瀬の砂利に当たった。リュドヴィックは浜に下り、冷たい砂の上に座って頭がはっきりするのを待った。すると少しずつ記憶が戻ってきた。そうだ、二人でクルーズ船を見つけ、自分はそれをボートで追ったが追いつけなかった。でもなぜ一人なんだ？　ルイーズは？　リュドヴィックの記憶からは二人の衝突の場面だけが抜け落ちていた。ずぶ濡れで震えが止まらない。だがそれよりもなによりもルイーズのところに戻らなければと思った。一人になって死ぬほど怖がっているに違いない。いや、もしかしたら孤独でパニックになりかけているのは自分のほうかもしれない。

小さい入り江の奥はなめらかな崖で、その中央を細い川が滝のようにすべり落ちていた。リュドヴィックはボートを砂利浜に引き上げ、わずかな凹凸を手掛かりに崖を登りはじめた。だが切れるような冷たい水ですぐに手の感覚がなくなる。這い上がってはすべり、また這い上がってはすべりの繰り返しで、なんだかスローモーションフィルムのなかにいるような気がした。それでもあきらめずに手足を動かしつづけたら、とうとう崖の上に手が届き、台地の上に出た。

雨が上がり、切れ切れの雲のあいだから満月に近い月が青白い顔をのぞかせた。すると雪のまだら模様が眩《まぶ》しく輝き、逆に影が濃くなった。丘も、突き出た岩も、石ころさえ黒い影を引いてより大きく、恐ろしくみえる。映画のシーンが頭に浮かんだ。『吸血鬼ノスフェラトゥ』、そして『嵐が丘』。雲が月を覆うクローズアップが主人公の行く末に影を落とす。これが映画の撮影なら砂礫の荒野を歩きつづけるシーンだろう。もう少し歩けば「カット！」と声がかかる。そして照明がついて明るくなり、誰かが熱い茶と毛布をもってきてくれて、「よかったですよ、今のでオーケーです」と言ってくれる。だがこれは映画ではない。そういうことはなにも起こらず、リュドヴィックはひたすら歩きつづける。目的はただ一つ、ルイーズのところに戻ること。

リュドヴィックはひたすら海岸に沿って歩いていった。どれくらい経ったのかわからない。一時間？　二時間？　三時間？　わかるのは寒いことだけで、ほんの一時でも体を暖めたくて、何度も体を丸めて休もうと思った。だがそのたびにルイーズの顔が浮かんだ。だめだ、急がなければ。夕食に遅れたら彼女の機嫌が悪くなる。唐突に台地が終わり、下のほうに黒インクのカーペットが見えた。入り江だ。二人の入り江だ！　向こうの隅で捕鯨基地の廃墟が月明かりを反射していた。そうか、あの廃墟は何千という夜をこうして過ごしてきたのかとリュドヴィックは思った。人間から見捨てられ、崩壊への道をゆっくり歩みながら、誰にも見られることなく寒い夜を何度も何度も迎えてきた。

そこからがまた長かった。一時間？　二時間？　三時間？　リュドヴィックは水溜りに足をとられながら、河川の堆積物でできた地層を手探りで下っていった。そしてようやく〈四十番〉にたどりつき、階段を這い上がり、ドアを押し開け、ベッドに倒れ込んだ。

目の血走ったゾンビのような男がいきなり倒れかかってきたので、ルイーズは思わず悲鳴を上げた。

翌日、二人は日が高く上ってもまだ眠っていた。部屋に差し込む光のなかをひとしきり埃が舞ったが、それ以外はなんの動きもなく、死を思わせる静寂が支配していた。昨夜はどちらもまた一人になるのが恐ろしくて、相手を二度と失うまいとしっかり抱き合った。そしてそのまま眠ったので、今も一体になっていて、そこからかすかな蒸気が立ち上っていた。

昨日、クルーズ船もリュドヴィックが乗ったボートも見失ったあと、ルイーズは〈四十番〉に戻り、まっすぐ二階に上がってベッドに倒れ込むのがやっとだった。それでも一、二時間してから体を引きはがすようにして起き上がり、すでに薄暗くなった浜辺に出てみた。ジェイソン号が消えたときと同じような不安に胸が締めつけられたが、今回消えたのはリュドヴィックなのだから、不安の度合いがいっそう高いのは言うまでもなく、とっくみ合いのことなどすぐに忘れてしまった。石でメッセージを描いたあの丘にも急いで上ってみたが、いくら目を凝らしてもくすんだ緑の海以外なにも見えない。ルイーズはとぼとぼと〈四十番〉に戻り、またベッドにもぐり込んで寒さと闘った。リュドヴィックがいないのに、一人で火のそばに座ることなど考えられないし、ましてや食事をとることなど問題外だ。彼は迫りつつある闇のどこかにいる。もちろんクルーズ船に追いつけたはずはない。ひょっとして溺れたのだろうか。すでに皮膚がふやけ、鳥か魚の餌食となり、誰のものとも言えないただの肉片になってしまったのだろうか。それともけがをして、どこかの海岸に倒れているのだろうか。なにもできないつらさで胃がよじれ、ただ待つことに腹が立った。そしてとうとう待ちくたびれ、孤独の恐怖に耐えかねてうとうとしかかったときに、ようやく階段をよろよろ上がる足音が聞こえ、リュドヴィックが戻ってきたのだった。

サバイバルシートの下で、二人は着たきりの服の生ぬるい湿気に包まれていた。だが顔や首筋には隙間風の刺すような冷たさを感じる。昨日は思いがけないことがありすぎて、どちらも疲れきっていた。あれから時が経ったのか経っていないのかさえわからない。無意識の水底から浮上してはまたもぐるというのを二人が交互に繰り返した。外が寒く、厳しいことがわかっているので、無意識のうちに眠りに戻ろうとしたのかもしれない。

先に意識がはっきりしたのはルイーズで、もがくようにして眠りから抜け出した。棒で打たれでもしたように体中の筋肉が悲鳴を上げていた。まず思ったのは新鮮な空気を吸いたいということで、深呼吸のために外に出た。顔が切れそうな寒風に迎えられたが、かえって心が落ち着いた。山登りで好きなものの一つがそういう風だったからだ。ルイーズはあえて体を動かしたほうがいいと思い、歩きはじめた。筋肉のためというより頭を空にするために、一歩ずつ砂利を踏みしめて浜をどんどん歩いた。干からびた海藻が靴の下で軽い音を立て、打ち寄せる波がしゅうしゅういい、カモメが鳴いている。今はそうした音で脳を満たしたい。よどみなく流れていく生命の音、ルイーズ自身も属している生命本来の音だ。足の裏の感覚を研ぎ澄ますと、すり減った靴が地面について語ってくれる。乾いた砂、湿った砂、潮で固められた砂、小石、丸みのある貝殻。広大な宇宙のなかの小さな惑星の、そのまた小さな浜を、ルイーズは踵《かかと》、つま先、踵、つま先と置きながら歩いていく。冷たい風が手に刺さる。ホモサピエンスの、雑食性哺乳類の、恒温動物の手。昨日、自分と普通の世界をつなぐ糸がまた一本切れた。パリ十五区、街の灯り、暖かいアパルトマン、水道水といった世界がまた遠のいた。そのことを考えるとたまらなくなるが、失恋と同じで、きっぱり断ち切らなければ次に進めない。でも、次とはなんだろう？　ルイーズは自分が出来事に振りまわされていると感じ、これでは風に吹かれて転がっていく甲殻類の抜け殻と同じだと思った。「再出発しましょう！」先の見えないこの時代の流行り文句が頭に浮かぶ。離婚も、失業も、病気でさえ「再出発のチャンスです！」。新聞にも雑誌にも、半ば妄信的に未来を信じる言葉があふれている。現代の不死鳥たちはそうやって仕事も、住まいも、社会的な居場所も自分で見つけていく。だとすれば、それができない自分はなんなのか。未来が信じられず、どうしようもない無力感にとらわれたままの自分は、もはやヨーロッパの現代人とは言えないのだろうか。もしかしたら、ヨーロッパの都市で途方に暮れる難民もこんなふうに感じているのだろうか。

それでも死にたいとは思わない。ルイーズは自殺を考えたことがない。考えるどころか想像もつかない。具体的にどうすればいいのだろう。錆びた屑鉄で手首を切る？　冷たいロープで首をくくる？　考えるだけでぞっとして、飛んで逃げてしまいそうだ。だいぶ歩いてから折り返すと、浜に点々と続く自分の足跡が見えた。自分がここにいて、まだ生きている証しだ。だから続けなければならない。最後まで生きつづけなければならない。

〈四十番〉に戻るまでにだいぶ心が落ち着いた。部屋に入ると冷えた煙のにおいがした。リュドヴィックは動いた気配すらなく、サバイバルシートが頭にもかかっていて、ベッドの上の隆起した物体と化している。

「リュド。ねえ、聞こえる？」

ルイーズはベッドに腰掛け、シートをめくって彼の顔を両手ではさんだ。垢まみれの頬の上に涙の跡がくっきり残っていた。それから二人で長々と話をした。最初はルイーズが一方的に話しかけたが、そのうちリュドヴィックがもごもご言いはじめ、それが少しずつ言葉になっていった。もうなんの可能性も信じていない、と彼は言った。自分は終わりだ、どうしようもない。ぼくらはもうだめだ、ここで死ぬんだ、それもいいじゃないかと。そして、すべては自分の落ち度だと謝った。大旅行も、この島に来たのも、凍った湖を見にいったのも、クルーズ船を追いかけたのも、全部。ルイーズはなぐさめる側にまわるしかなかった。自分も希望などもっていないのに明るい声を出し、母親のようにそんなことないよと安心させ、元気を出してと勇気づけた。ルイーズの心に怒りはなかったが、哀れみや優しさもなかった。ただ彼が起き上がってくれて、自分が一人にならなければそれでよかった。

話し疲れたリュドヴィックは腹が減ったと言った。

ルイーズはなんだか妙な気分だった。これまではリュドヴィック、登山仲間、職場の同僚といった周囲の人々の隙間にもぐり込むようにして生きてきたが、それではもうだめだとはっきりわかったからだ。誰でも「おちびちゃん」のころは、求められたときだけおずおずと意見を述べる立場に置かれる。だがルイーズの場合は大人になってもそれが変わらず、基本的に控え目で、自分から意見を述べるよりは意見を求められるほうが好きだった。訊かれたから答える、それがせいぜいだ。でも考えてみたら、子供のころに夢見たあの空想の世界では違っていた。物語のなかでルイーズが演じるのは強い役と決まっていて、敬愛されるヒロインとか、戦いに倒れるヒロインとか役回りにはいろいろあったが、いずれも運命を自分で切り開いていく人間だった。そういう夢をいったいいつ捨ててしまったのか。山岳ガイドになるのをあきらめたときだろうか。いったいどういう臆病風に吹かれて理想を捨て、週にほんの数時間、登山パーティーの先頭に立つだけで満足してきたのだろうか。山以外の場所では、自分には能力も権限もないと感じ、誰かに決めてもらうほうがいいと思ってきた。だがそれももう終わりだ。今のルイーズに選択の余地はない。

リュドヴィックのほうはなにもかもがおっくうで、身動きがとれなくなっていた。心の奥のなにかが壊れてしまっていた。自分でも驚くほど気分が変わりやすく、流れる雲が入り江を陰らせたり明るくしたりするように、頭のなかの調子のくるった振り子が楽観と悲観のあいだを行ったり来たりする。自分は古代ギリシャの英雄のように、あのボートで数々の困難に立ち向かい、それを乗り越えてここに戻ってきたんだと誇らしくなるかと思うと、次の瞬間にはなにもかも無駄だった、自分はあまりにも無能だと思えて力が抜けてしまう。できることならこのまま汚いシートをかぶって寝ていたい。ベッドから一歩も出ず、夢想にふけり、眠りに逃避し、ただ待っていたい。起き上がるだけでも苦痛で、また陰鬱な空を見るのか、まとわりつく湿気を我慢するのか、体中の傷や痛みに耐えるのかと思うとげんなりだ。あれほどの熱意を注いで整えたこの〈四十番〉も、今は嫌悪感しか覚えない。そもそも〈四十番〉などというおかしな名前に虫唾《むしず》が走る。それでも仕方なく己を叱咤《しった》し、リュドヴィックはよいこらしょと起き上がった。

ルイーズはそんな彼に理解を示し、なだめた。せっせと薪をくべてストーブを唸らせると、その前に置かれた鯨の椎骨の椅子にリュドヴィックを座らせ、自分も並んで座った。それから二人はぼそぼそと、秘密計画でも練るように、低い声で話しはじめた。ルイーズは一か八かの賭けに出た。

「ねえ、船を造ろう。造船所にあった捕鯨艇を手直しするの。それほどひどい状態じゃないし」

「あほか。ここから南アフリカまで二千五百マイル、フォークランドでも八百マイルあるんだぞ」

「だからなに？　平均二ノットで進めばなんとかなるじゃない。フォークランドだと逆風になるけど、南アフリカなら追い風だから、ひと月かひと月半でしょ。やれると思う。ほら、シャクルトンなんか南極からずっと航海したんだし」

「ああ。でもおれたちはシャクルトンじゃない。それに食料や水は？」

「時間をかけて準備するの。ひと冬あるわけだから、そのあいだに船を直して、食料も少しずつ蓄える。ね？　だから元気出して」

ルイーズは熱を入れ、どんな船にするかを言葉で描いてみせた。丸みを帯びた船腹や、小さい船室、マストと帆は完全に手作りになる。それはジェイソン二号となり、二人の第二のチャンスとなる。

リュドヴィックは熱く語るルイーズを見て、TGVで出会ったときのことを思い出した。あのときと同じように目がきらきらしている。だが正直なところ、なにかを決めると思うだけでぞっとする。ルイーズは頑固だし、こうと決めたら努力を惜しまず、小柄だが勇敢な兵士のように猛然とかかっていく。そう、今の彼女はまさに第一次大戦の泥まみれの兵士だ。ジャケットは泥に染まって元の色などわからない。もじゃもじゃの髪は垢で張りつき、両手は切り傷だらけ。それなのにまたしても突撃する気でいる。そして夢中になって語っているのは、こちらを説得すると同時に彼女自身も納得したいからだ。そうは思いながらも、リュドヴィックはもう自分の無力さを自覚していたし、パンチ力を秘めたこの細身の女性に感動する気持ちも少しあって、結局反対できなかった。それに、確かに一つの決断は一つのなぐさめになるのだから。

祖母が見せてくれた宗教画が頭に浮かんだ。道が二手に分かれている絵で、片方は茨《いばら》に覆われ、もう片方は開けている。険しい道はやがて楽になって天国に通じ、楽な道はやがて険しくなって地獄に通じる。そんなのはユダヤ・キリスト教の戯《ざ》れ言《ごと》だろうか？　犠牲の妄信？　だが今のこの状況で、いったい誰になにがわかるだろうか……。

捕鯨艇は眠る怪物のように造船所の盛り土の床に横たわっていた。強風で船体が激しく揺れて船架がつぶれ、床に落ちたと思われ、右舷の外板が割れて一メートル四方ほどの穴があいている。全長九メートル、幅三メートル。舷側にはゴムで補強した太い麻ロープをめぐらしてあり、タグボートとして使われる予定だったことがわかる。大型の捕鯨船に横づけして栈橋まで案内する役だ。板もあちこち剝がれ、防水のために詰めてあるしなびたリボン状の槇皮《まいはだ》が、ミミズの塊のように顔を出している。

古びて灰色になった板そのものは厚いオーク材で、錆と鳥の糞が筋を描いているものの、まだ信頼できそうだ。だが船の上部構造は風にさらされて劣化がひどい。コックピットだったくぼみには、ぼろぼろに錆びた舵柄《かじづか》が頼りなげに伸びている。船首では生物が権利を回復し、継ぎ目という継ぎ目からウシノケグサが芽を出して、今やふさふさと生い茂っている。それを利用して巣を編み上げているのは鵜《う》の仲間で、ロイヤルブルーの目と嘴の上のオレンジの飾りが印象的だ。闖入者《ちんにゅうしゃ》を警戒するようにこちらを見ていたが、二人が近づくとしぶしぶ飛び去った。ルイーズは晩のおかずにとすかさずヒナをつかまえた。船室内も状態が悪く、水がたまって腐っている。

ビスで固定されたテーブルと長椅子、ぐらつく戸棚などが残されていたが、どこもかしこも湿気でべとつき、黒カビで覆われている。エンジンも錆の塊と化し、機械と呼べる状態ではない。

要するにそれは船の残骸でしかなく、手直しして亜南極海に耐えられる船にするのは途方もない仕事だと思われた。だが不思議なことに、その仕事のおかげでリュドヴィックは次第に元気を取り戻し、なにもかもしくじったという失意から立ち直っていった。情熱が戻ったわけではないが、少なくとも仕事と向き合う姿勢は戻った。いわば仕事に逃避したわけだが、それでも打ちのめされた後ろ向きの状態を脱し、主体者に戻ることができたのは大きい。ルイーズはそんなリュドヴィックを見守り、患者のリハビリに付き添う看護師のように支えた。

まず、右舷の損傷箇所をどうにかするためにも、とにかく船を起こさなければと奮闘したが、それだけで一週間かかった。大きなハンマーで巨大な楔《くさび》を打ち込み、厚い板で支えて起こしていくのだが、その板を引きずってくるのさえ骨が折れる。船がほんの一ミリでも動けばしめたもので、自由に一歩近づいたと思えた。船の修復ともなると日曜大工の域をはるかに超えるが、そもそも二人はこの島に閉じ込められるまで日曜大工さえろくにしたことがなかった。以前の暮らしでは壊れたものは捨てていたのだから。リュドヴィックはツリーハウスを作ったのと、自転車の手入れ程度の経験しかなく、ルイーズに至ってはなんの経験もない。しかもこの島では道具を探すところから始めなければならず、板を打ちつけて穴を塞ぐだけでも大仕事になる。道具を見つけたらそれを修理し、錆を落とし、研ぐのだが、これに何時間もかかる。どうにか道具が揃っても、経験不足で使い方が下手なので、手元が狂ったり、位置がずれたり、曲がったり、折れたりする。手を切るのはしょっちゅうで、その血で木に染みができるのを見て、自分たちはこんなにも不器用だったのかとうろたえた。板を合わせて釘を打つなどというのは誰にでもできることで、自転車に乗るのと同じように感覚をつかめばすぐうまくなると思っていたが、そこで思わぬ複雑性、意外性の壁にぶつかり、落とし穴にはまったような気がした。自分たちが特別に劣っているのかと首をかしげたくなる。

本に出てくる開拓者や冒険家は、この程度のことはさっさと片づけていなかっただろうか。たいていのことは「小屋を建てた」といった一行で済んでいて、だとしたらこの作業も「船の残骸で小艇を造った」で終わるところだ。

ルイーズは父親が経費節約で店の棚を手作りしたときのことを思い出した。あれも簡単そうにみえた。最後には棚板がどれもまっすぐで、扉がきちんと開閉し、引出しもスムーズにすべる戸棚が完成した。だが今ならわかる。自分にも、おそらく兄たちにも、あの戸棚を仕上げることはおろか、途中まで組み上げることさえできなかっただろう。

二人には正確な面取りをして板を接ぎ合わせることなどできないので、右舷の穴は外側から板を打ちつけて塞ぐことにした。そこで基地内の木工場で鉋《かんな》を見つけてきて小幅の板を大ざっぱに加工し、船の丸みに合わせていった。だが板は思うようにしなってくれず、跳ね返って釘が抜け、無理をすると板そのものが割れてしまう。とうとうボルトを使って無理やり固定したが、結果はみじめなものだった。歯の炎症で顔の片側が腫れたように、右舷だけが盛り上がってみえる。しかも防水性などとうてい期待できそうになく、どうやって板の継ぎ目を塞いだらいいのか途方に暮れた。どこかで木造フリゲート艦のことを読んだときに、船体を横倒しにして船底の水漏れ対策をする件（くだり）があったのだが、詳しいことは思い出せない。細かい説明にうんざりして読み飛ばしたことを、二人は今になって後悔した。続いて、舵をどうするかでも頭を抱えた。金具が錆びてくっついていて、重い舵板《だばん》は押しても引いても動かない。

やる気を失ってもおかしくない状況だった。ほかの場所にいるのなら、とっくの昔にあきらめてプロに任せていただろう。だが今回は労働そのものが二人の救いになった。長い航海をわくわくするものにしてくれた連帯感、肩を並べて困難に立ち向かうあの感覚も、労働のおかげでよみがえった。冗談を口にする余裕さえ出て、最初はおそるおそるだったが、二人は徐々に自分たちをからかいはじめ、それを面白いと思えるようになった。あきれるほど不器用な自分たち、それでもずうずうしく希望を捨てない自分たちを笑いの種にした。そして〝日常〟も戻ってきた。毎朝、二人は誰もがするように〝出勤〟する。毎晩、二人はくつろいでその日を振り返り、翌日の計画を立てる。その場所はおがくずだらけだったし、二人の顔には垢の皺ができていたが、そんなことはどうでもいい。うわべだけでも日常が戻ったことがなによりも重要で、二人は安心し、連帯感もますます強まった。夜、どちらからともなく相手のぼろ着の下に手をすべらせ、自然に体を重ねることもまれではなくなった。そうするとじめじめした建物にいることも忘れられた。

とはいえ船の修復は簡単には捗《はかど》らない。相変わらず食料確保にも走りまわらなければならず、作業時間も限られていた。

そうこうしているうちに島は秋を迎え、毎朝寒さで顔や手がぴりぴりするようになった。せっせと体を動かしているあいだはまだいいが、動きを止めるとすぐ震えてしまう。計算が合っていればすでに三月で、パリでは再生の季節であり、ちらほらと夏のバカンスの話題が出はじめる時期でもある。だがここでは日が短くなり、風景は日に日に色を失っていく。二人はなすすべもなく、来る日も来る日も、風が吹こうが雨が降ろうが、ただ餌を探し、捕鯨艇というばかげた希望を紡ぐことに汲々《きゅうきゅう》とするしかなかった。

ある朝、目が覚めると土砂降りで、二人は話し合って一日だけ仕事を休むことにした。ところが午後に入ると天候はさらに悪化し、激しい嵐となって基地を揺さぶりはじめた。風が吠え、唸り、牙をむく。古い鉄板が息を吹き返してドラムのように鳴り、次第にその数が増えて共鳴する。時おり長く尾を引く鉄板の悲鳴も聞こえ、これでまた一枚板がもがれた、また一歩基地の崩壊が進んだとわかる。二人は〈四十番〉に閉じこもり、逆流するストーブの煙に咳き込みながら身を縮めているしかなかった。雨の量があまりにも多いので、窓の外には雨の幕ができ、手で触ることさえできそうだ。雨以外になにも見えないので、まるで世界が消え去り、〈四十番〉が島のなかの島となり、一片の雲となり、そのなかに二人で漂っているように思える。もうなにも存在しない。陸も、人も、植物も、動物も、海さえも存在しない。ただ二人だけが雷鳴とどろく嵐の中心に取り残されている。二人は闇を恐れる子供のようにろうそくを一本つけたままにし、とうとうベッドでうずくまった。そのうちに猛烈な突風が襲ってきて、壁がぐらりと揺れた。その一瞬、窓が壊れて自分たちが嵐の餌食になるところを想像し、動物的な冷たい恐怖にのみ込まれた。最初のうちは元気を出そうとあえておしゃべりをし、パリの思い出話をぼそぼそ語り合っていたのだが、恐怖が人間的なものから動物的なものに移行するにつれ、それさえ困難になった。もはや嵐の音に全神経を研ぎ澄ますことしかできず、二人は拳を握りしめ、動物のように怯え、おかしな音がするたびに飛び上がりそうになった。時が経っても嵐の勢いは衰えず、やがて二人は手をつないだまうとうとし、夜の訪れとともに闇はますます濃くなっていった。

シートを頭からかぶったリュドヴィックは、自分の頬が濡れていることに気づいたが、いつ涙が出たのかわからなかった。それよりもこの嵐を生き抜けるのかと不安になり、それからふと、捕鯨艇で島を出るなんてばかげていると思った。あんな船で海を渡れると思ったなんて、頭がおかしいとしか思えない。海上でこんな嵐に見舞われたら、素人が修理したぼろ船などひとたまりもない。クルーズ船を追ったあと、ゴムボートごと崖にたたきつけられそうになったときと同じように、波をかぶって息ができなくなるところが頭に浮かんだ。

ルイーズも捕鯨艇のことを考えていた。そしてリュドヴィックと同じように溺死する危険性が高いと思い至り、やはり島に残るしかないと悟った。少なくともここなら生命が、水が、植物があり、動物もいる。自然が厳しいのは確かだが、体が慣れていくかもしれない。パタゴニアの先住民は冬でも裸で暮らし、雪のなかで狩りをし、凍った海で魚を捕っていたというではないか。入植者がひどく恐れたあの厳しい環境に、先住民は愛着を感じていたという。その先住民より二人は劣っているということだろうか？　おそらくそうだろう、人類はかつて自然を理解していたし、わずかなもので暮らしていくための知恵ももっていた。だが文明の発展とともに、その恩恵に浴することで祖先の理解と知恵を失った。文明化によって快適な暮らしと長寿を手にしたが、技術が進むにつれて基本的なことを忘れてしまった。だから今人類は資源不足に直面しているのだとルイーズは思った。

翌日も状況はほとんど変わらず、二人はまたシートをかぶって過ごした。途中でルイーズがペンギンの燻製肉をとってきて、二人ともそれを辛抱強く噛んで飢えをしのいだ。晩になってようやく風が弱まり、暴れまわった嵐の最後の深呼吸といったものに変わった。夜には基地全体がほぼ静まり、大地震のあとの余震のように、時おりちょっとしたきしみ音が聞こえてくるだけになった。

その翌日はからりと晴れたが、二人は澄んだ空を見ても落ち着かず、長く続かないのではないかと疑った。そして本能的に、嵐が戻ってくる気配はないかと海も空もすみずみまで確認し、そのうえでようやくひと息ついた。

造船所はひどい有り様だった。素人の手作りの船架は持ち堪えられず、船はまたしても右舷を下にして床に落ち、あんなに苦労して修復した箇所が再び割れていた。二人は船の数メートル手前で立ちすくんだまま、何週間もの努力が水泡に帰したのを前にして、叫ぶことも泣くこともできなかった。感傷に浸ることさえできない。ただもう自分が空っぽで、リングで身動きがとれなくなったボクサーのようにグロッキーだということしかわからない。ジェイソン号を失ったときと同じ感覚だが、今回はあのときのように不意を突かれたのではなく、真正面から勝負して負けたのだ。

造船所だけではなく、ジェームズ湾にも深刻な問題が生じていた。ペンギンが消えていた。海岸にピンク色の糞のカーペットとにおいだけを残し、コロニーの大半が姿を消していた。少し前から、危なっかしいとはいえ子供たちが泳ぎはじめ、親鳥が嘴でさかんに自立を促していることには二人も気づいていた。自然は妥協を許さず、ペンギンがこの島で暮らせるのはほんの数か月でしかなく、それ以外の期間は低温と雪と氷がここを支配する。成長が遅れたものや弱いものには安全な海に出ていく余裕も与えられず、行く手には過酷な運命が待ち受けている。だから今回のような嵐が来れば、ペンギンたちは撤退の時期を早めてしまう。何万羽もいたのに、残っているのはわずか数百で、海岸沿いには戦場跡のようなもの悲しさが漂っていた。

　その後三日間、二人は焦燥感に駆られ、残されたものを無駄にするまいとジェームズ湾のペンギンを片っ端からつかまえた。ペンギン狩りはすでに日常の仕事になっていたので手慣れたものだ。坂を下るときも以前のように石に足をとられはしないし、ペンギンが逃げるときの不規則な動きを予測することもできる。棒の振り方にも無駄がなく、力よりも手首を使って振り下ろし、それでいて的をはずすことがない。一回の遠征で持ち帰る羽数も増えていた。今の二人なら、十九世紀のアザラシ狩りの猟師も喜んで仲間に迎えただろう。

　だが四日目に、その勢いは雪で削《そ》がれた。リュドヴィックは目覚めとともに、いつもより青っぽい光と深い静寂に気づき、一瞬にして子供時代に戻った。そしてもう一度目を閉じ、今日一日雪でなにをして遊ぼうかとゆっくり考えた。故郷のアントニーではもうめったに雪が降らなくなっていて、降っても大した量ではなく、せっかくの白い雪が翌日には灰色の泥になって靴底に張りつく。それでも、少なくとも一日はきれいなまま楽しめる。ドアを開けると無垢《むく》に戻った世界が広がっていて、そこで探検家になることができる。白い庭に一歩踏み出す前の、あの一瞬の戸惑いがよみがえる。それは見慣れた景色であると同時に、いつもとまったく違う景色でもある。誰よりも早く外に出て、走りまわって足跡をつけ、大笑いしながら白銀の世界をわがものにしたい。最後は腕を広げて倒れ込み、十字の人形《ひとがた》をつけたい。そうした逸《はや》る気持ちも懐かしい。

だが実際に〈四十番〉から一歩出てみると、喜びのかけらすら見いだせなかった。雪はやんでいたが、分厚い雲が空を覆っていて光を通さない。湿気を帯びて黒ずんだ木や鉄が雪の覆いを破ってあらゆる方向に突き出ていて、あたりにいっそうの侘《わび》しさを添えている。ほんのわずかな海鳥の足跡を別にすれば、生命の痕跡が消えていた。リュドヴィックは雪が作り上げた新世界に感動するどころか、むしろ見捨てられた世界、死を前にして意識を失いつつある世界だと感じた。ルイーズのほうはそこまで不吉な印象はもたなかったものの、危機感を覚えたのは同じで、頭のなかで計算していた。冬が来る。もうそこまで来ている。キッチンには四十羽ほどの干からびたペンギンとオットセイの残りがぶらさがっているだけだ。そのあとはどうなる?

二人は手をつないで浜まで下りていった。嵐に続いてやってきたこの雪は、島での生活が新たな段階に入ることを告げている。それは、ああでもないこうでもないといった試行錯誤が許されない段階、こうすればなんとかなるといった日々の抵抗がなんの意味ももたない段階だ。この白い世界はいわば「ゼロからの再出発」の隠喩であり、しかも今回は逃げる手段がないどころか、食料確保の手段さえない。

二人は言葉を交わすこともなく、唯一雪がない渚を、満潮時の波が残していった跡をたどりながらゆっくり歩いていった。風はなく、灰色の海が静かに砂をなでている。崖の中腹には雪の筋がリボンのように横に伸び、上のほうは雲の蓋で覆われていてなにも見えない。これから二人は、雪化粧したこの白紙の上に新しい物語を書かなければならない。そこに新しい考え方、生き方を見つけなければならない。だが疲労に押しつぶされたまま抗《あらが》いようもなく、気力も希望もなくしていた。

日記によれば四月末で、午前も半ばにならないと日が高く昇らなくなっていた。数々の日課は過去のものとなり、朝の体操もしないし、その日の仕事の打合せもしない。修復途中の捕鯨艇が壊れ、ペンギンもいなくなってから、日課などもうどうでもよくなっていた。この二週間は雪が降ったりやんだりで、水汲みに行くにも足場が悪く、小川に張った氷を割らなければならないこともしばしばだ。

だが部屋にこもって無為に日を過ごすのもこれまたつらい。二人ともむしろ眠りたかった。現実を忘れるために、あるいはこの長い悪夢から解放される奇跡の目覚めを期待して、眠りたい。

食事の量はペンギンを一人一日一羽に減らした。おいしい部位をオットセイの油で揚げて昼食とし、朝食と夕食は得体の知れないスープで我慢する。肉の切れ端、くだいた骨、以前は避けていた皮まで入れて何時間も煮込んだもので、朝と晩にこれをできるだけ湯で薄め、主として水分で腹を満たし、つかの間の満腹感を味わう。だがそれ以外の時間は常に空腹で胃がよじれ、体が震え、頭がふらついた。突然立ちくらみがきて、蜘蛛の巣に引っかかったようにその場で動きを止め、治まるのを待つのも始終のことだ。空腹は精神も蝕《むしば》み、考えること、計画を立てること、明日を想像することさえ難しくなった。活動しないことで体がだるくなり、だるいことでますます動かないという悪循環から抜け出せない。いまだに続けているのは板をひいて薪にすることと、干潮時にわずかな貝を拾い集めることくらいだが、それさえおっくうで、もっぱらストーブにかじりついている。

リュドヴィックはこもった咳をするようになった。本人はちょっとした扁桃炎《へんとうえん》だと言うが、ルイーズは彼が時々胸に手を当てて顔をしかめるのに気づいていた。やせ方も尋常ではなく、皮膚の下の関節の形がはっきりわかる。老人のように小股でしか歩けず、少し歩いただけで息が切れる。それにもかかわらず、リュドヴィックは持ち前の明るさを発揮しようと絶望的な努力をしていた。木切れでサイコロやドミノ牌《パイ》を作り、それを丁寧に磨いてつやを出したり壊れにくくしたりする。無駄な仕事に熱中するリュドヴィックを見てルイーズはいらいらしたが、ほかにできることがあるわけでもなく、だとしたら手を動かしているだけましだと考えるべきなのだろう。それ以上に癇《かん》に障るのは、リュドヴィックがあえて〝普通〟を演じようとすることだった。

「一勝負どうだ？　前回きみが圧勝したし、このままってわけにはいかないからな。今晩のスープを賭けるぞ」

「なに言ってんの、自分を見て。骨と皮じゃない！」

「だからこそさ。お湯の一杯や二杯じゃどうにもならない」

ルイーズはゲームなどしたくなかった。ゲームどころか、もうなにもしたくない。兵士のように立ち向かうのはもうおしまい。努力なんてまっぴらごめんだ。これまでずっと努力してきたのに、その結果はどうだろう。なんにもならなかったではないか。リュドヴィックのわざとらしい上機嫌が不愉快でならない。自分のほうがまだしも体調がいいから、彼を思いやって少しでも楽に毎日を送れるように助けるべきだと頭ではわかっているが、心は冷めている。自分でも罪悪感を覚えるほどリュドヴィックのことなどどうでもよくなっている。時にはわけもわからず腹が立ち、憎しみさえ覚える。冗談にしても、耳にしたとたんに辛辣《しんらつ》な言葉を投げ返してやりたくなる。だがかつて二人の儀式だった口論さえ今は疎ましいので、あえて口にしない。ルイーズには強迫症状のようなものも現れ、なんでもかんでも数えるようになっていた。減っていくペンギンの数も、集めた貝の数も、火にくべた木片の数も、始終数え直して確認しないと気がすまない。こうなると自分自身にも苛立ち、そこでふと、両親もそうだった、あの商売根性が遺伝したのだと気づき、ますます腹が立った。そんな状態だから、薄暗い部屋のなかで、咳き込みながらサイコロゲームに興じているリュドヴィックを見ているのが次第に耐えられなくなり、ルイーズは天気が許すかぎり外に出ることにした。

といっても歩く範囲は日々限られていく。じきに谷の奥のほうはもちろん、捕鯨基地もほとんど雪に覆われてしまい、簡単には踏み込めなくなった。仕方がないので〈四十番〉と浜のあいだを往復し、その回数をまたしつこく数える自分にうんざりした。それに、歩けば少しは気が晴れるが、腹が減る。だから適度なところで切り上げざるをえない。

ある日散歩から戻ると、リュドヴィックが目を輝かせていた。

「おい、やったぞ！　とうとうネズミをつかまえた」

尻尾をもってぶらさげたネズミの喉から血がしたたっていた。そういえばリュドヴィックは何日も前からくくり罠だの落とし穴だのを試していて、ルイーズがばかにしてもやめなかった。その成果がようやく上がったわけだが、それにしてもネズミを食べるなんて……。ルイーズはそんなもの投げ捨ててしまいたかったが、自分の意に反して口のなかは唾液でいっぱいになった。口蓋に肉を感じたい、この歯で小骨を砕きたいという欲求はあまりにも強かった。

時刻を知るすべはないが、真夜中だろうと思った。なんの音もしない。ルイーズはふと目覚めたまま眠れなくなっていた。わずかでもいいから、ここがまだ生者の世界だとわかるような音を聞きたくて耳を澄ました。だがまったくの無音状態で、自分たちが存在しないかのようだ。すべてが消えてしまう悪夢にも似ている。

こんなふうに静寂のせいで、それも安心ではなく不安を呼ぶ静寂のせいで夜中に目覚めることが多くなっていた。そんなとき、ルイーズはリュドヴィックに抱きついてみる。横向きに寝るリュドヴィックの後ろから、そっと腕を伸ばして彼の胸に手を置き、心臓のゆっくりした鼓動を手で感じながら呼吸に耳を澄ます。すると、そのときだけまだ彼と心が重なっているように思え、この大きな体が再び愛おしく思えたりもする。恋愛感情というより母性愛に近いのだが、とにかく、こちらが怒る気も失せるような彼の微笑みをもう一度見たくなる。そして明日は努力しようと思い、横柄な物言いはやめようとか、もっと優しくしようとか、いろいろ決意する。だが実際にはどれも守れないということもわかっている。

ところがこの夜は彼を抱きしめたとたん、いきなり強い思いがわき起こった。それは「逃げなければ」という思いで、自明の理として唐突にやってきた。いや、もっとつらいことに、その思いはルイーズの頭のどこかで徐々に熟し、心が弱った隙を突いて顔を出したようにも思えた。いずれにせよ感情ではなく論理で、思考が次々と論理的につながった結果はじき出された答えだ。

つまり、二人は死のうとしている。二人とも。それが答えだった。冬は始まったばかりだというのに、すでに食料が底を突きかけている。リュドヴィックは体にも問題を抱えているが、それ以上に心が折れている。そのことはクルーズ船の顚末《てんまつ》で顕在化し、捕鯨艇の倒壊で決定的になった。彼にはもう生きる気力がない。「役立たず」という言葉は使いたくないが、煎じ詰めれば同じことだ。今の状況で生き延びるには、一人でここを出て科学調査基地を見つけるしかない。そこなら食料の蓄えがあり、ひょっとしたら通信機器もある。もっと早く探しにいくべきだったのに、二人とも臆病風に吹かれてそうしなかった。今となってはもはや二人で行くことはできない。リュドヴィックにはその体力がない。それどころか、なにをどうしたところで彼が冬を越せないこともルイーズにはわかる。だが自分は生きなければならない。だからここを出る。ほかに答えはない。

だがすぐに底知れぬ罪悪感に襲われた。彼を置いて出ていく？　こんなに弱っているのに置いていくということは、見捨てるのと同じではないか。もう愛情は残っていないのか。せめてひとかけらの哀れみくらい残っていないのか。それとも、自分はエゴイズムの化け物になってしまったのだろうか。

また子供のころの空想物語を思い返した。ルイーズはどの役のときも、困っている人を見捨てたりはせず、むしろ命がけで助けにいっていた。それなのに今の自分は弱った人間を危険な状態に置き去りにしようとしている。それも見ず知らずの誰かではなく、いちばん大切な人を。どうやらこの島は自分たちから社会的で豊かな暮らしを奪っただけではないようだ。死と隣り合わせの恐怖が人間のもっとも大事なもの、人の人たる所以《ゆえん》である感情とか人間性といったものを壊してしまったに違いない。だから今自分は、いわば人間的なものを脱ぎ捨てた状態で、この島で出合ってきた動物たちと同じようにただ生存という強迫観念にとらわれている。

いつのまにか涙があふれ、顔が濡れていた。リュドヴィックが気づくかもしれないと思った。気づいて、こちらを向いて、抱きしめて、ひと言ささやいてくれたらとルイーズは期待した。愛撫はいらない。ただひと言、あるいは唸り声でもいいから「おれはここにいる。おれだってあきらめないぞ」と意思表示してくれたら……。よく人が意志の力だけで運命を変えてみせようと念じるように、ルイーズも精神を集中してみた。

だがだめだった。リュドヴィックは身動き一つしない。ひょっとしたら死んでいるのかもしれないと思った。そういうこともこれからは十分に起こりうる。だがそうなったら、そのときはリュドヴィックのほうがルイーズを見捨てたことにならないだろうか？　そのあとここに一人で残されたらどうなる？　自分が今よりずっと弱り、ここに一人でいて、とうとうストーブの火が消え、ネズミの群れが近づいてくるところが目に浮かんだ。

ルイーズは気持ちを静めなければとゆっくり深呼吸した。落ち着け、落ち着け……。夜更けの考えごとはろくなことにならない。こんな深い夜には、心も闇に包まれ、すべてがゆがんでしまう。ルイーズは子供のころからこの時間帯の魔と闘ってきたのでよく知っている。いつもよくないことばかり考えて眠れなくなった。授業についていけないとか、ママがわたしの誕生日を忘れてしまうとか、行く予定の山が大雪になるとか、リュドヴィックがもう電話してこないとか……。だから自分に言い聞かせた。こんなことを考えさせるのは脳の古い部分で、夜たき火が消えるのを見た旧石器時代の女が、明日太陽は昇るだろうかと心配してしまうようなものなのだと。

だからこれ以上考えずにもう一度眠ればいい。楽しいお話で自分を寝かしつければいい。さあ、いい子はもうねんねしな……いい夢をごらん……。

ルイーズは寝返りを打ってもう一度リュドヴィックに身を寄せた。ところが急に吐き気がしてぎょっとした。鼻が曲がりそうなほど臭い。ごみと汗と冷えた尿、着たきりのぼろ服、それを着たままの不潔な体のにおいがする。息が詰まるほどなのに、これまで気づかなかった。ルイーズ自身は毎晩汚れを落とすようにしているので、ここまでひどくはないはずだ。リュドヴィックだってそれくらいできるはずだし、それが最低限のエチケットではないだろうか。そう思ったことでまた不満がぞろぞろ出てきた。リュドヴィックはもはやなんの努力もせず、すべてルイーズ任せになっている。でもルイーズにも二人分がんばる力は残っていないし、少ない食料を分け合うのももう嫌だし、この敗北のにおいにも耐えられない。嗅覚は嘘をつかない。五感のなかでもっとも本能的なものなのだから。しぐさや言葉ならごまかせるし、視線もなんとかなるが、においだけはどうにもならない。動物はそれを知っているから、恐怖や欲望を表現するのににおいを使う。人が古代から香水に頼ってきたのもそれが理由ではないだろうか。

そう、嗅覚は嘘をつかない。そしてこの夜の嗅覚は、ルイーズに逃げろ、リュドヴィックからすぐに離れろと命じていた。

人生の岐路に立たされたとき、人は結局孤独なのだとルイーズは思った。生まれるときも死ぬときもひとりだけれど、究極の決断も同じことで、ほかの誰かのことを考慮する余地などない。人のことは忘れ、ただ生きることを考えるしかない。それは人間の絶対的な権利であり、それを守ることは自分自身に対する義務でもある。

夜は相変わらず暗く、静かだった。火を絶やさないことにしているストーブだけが赤い目を見開いている。今夜の火の見張り当番はルイーズなので、リュドヴィックは安心して熟睡している。だからルイーズがベッドを出ても、部屋のなかをうろついても、目覚めることはなかった。まずジャケットと靴、それからよく研がれたナイフのうちの一本を手にとり、そこで一瞬迷ったが、やはりライターもポケットに入れた。手探りでノートとペンとインクをとり、ろうそくを一本つけ、ストーブに薪をくべた。

アトリエに走り書きを残した。

「助けを呼んでくる。長くても一週間で戻るから」

一週間で戻るというのが本当の気持ちかどうかルイーズにはもうわからなかったが、そう信じたかった。少なくとも信じるふりをしたかった。

そして少し迷ってから書き足した。

「体に気をつけて。愛してる」

そう書きながら、今のルイーズはリュドヴィックを愛していない。関心さえなく、ただ哀れみがあるだけだ。彼がどれほどショックを受けるかわかっているので、情けをかけて書き添えたようなものだった。

ルイーズの頭脳はすでにリュドヴィックを離れ、どうやって雪と氷河に挑むかを考えていた。水筒代わりの瓶、リュック、ピッケルとアイゼン……。それから下に降り、吊るしてあるペンギンのなかから四羽はずし、少し考えてもう一羽はずした。残りは十五羽。これなら誰も文句をつけられないだろう。いやそもそも、誰が文句をつけるというのだろう。どういう理由で？

外に出るなり寒さに身がすくんだ。息をするだけで鼻が痛い。一瞬、部屋に戻ってリュドヴィックに抱きつきたいと思った。だがもう迷ってはいけない。ほら、前を向いて！　山小屋を出たところだと思えばいい。行く手にはすばらしいコースが待っている！

綿雲がふわりと浮いたあいだから半月が顔を出し、雪を青く染めた。歩くにはそれだけで十分だった。風はなく、映画のセットのような廃墟は静まり返り、ベルナール・ビュッフェの陰気な絵を思わせる。ルイーズが昔から嫌いな画家だ。もう迷わずに基地をあとにし、ふくらはぎまで積もった真新しい雪のなかを歩きはじめた。ルートに集中し、それ以外の思考をすべて断つ。谷を登り、左に折れ、その先で最初の氷河、あの「凍った湖」を作り出した氷河を渡るルートを探す。そのあとどうするかはルイーズにもわからない。記憶にある地図にはそれぞれ氷河で分かたれた湾がいくつか並んでいた。だがそのうちのどこに科学調査基地があるのだろうか。雪の表面の凍った層が割れる音と、それに続いて靴が柔らかい雪をこする音に神経を集中する。単調に繰り返されるその音が思考を遮断し、心の揺れを防いでくれる。もっと上に行ってから火をおこせるように木切れを拾い、雪の深さを測るための長い棒も拾った。

体が温まってきた。各部の関節が気持ちよく嚙み合いはじめる。一歩足を踏み出すたびに古い感覚がよみがえり、一種神秘的な力が体にみなぎって、自分は不死身だという印象が生まれる。ルイーズは足を踏みはずさないように注意しながら慎重に谷を上がっていった。一人きりだから、一歩間違えただけで命取りになりかねない。だが不思議なことに、今はかえって一人のほうが安心できて、力がわいてくる。

空が白んできたころ、ルイーズは氷河の手前で最初の休憩をとった。そこまではさほどの苦労もなく来られた。だがこの先の氷河が初めて挑む本格的な障害であることは間違いない。入り江は相変わらず凪いでいて、ここからは濃いワイン色にみえる。捕鯨基地は雪に覆われてほとんど見えない。リュドヴィックのことは考えたくなかった。いや、考えてはいけないと思った。もう目を覚ましただろう。ストーブが消えかかって、寒さに驚いて目覚めたかもしれない。ベッドの上を手探りし、隣が空で、しかも冷たくなっていることに気づいて名前を呼ぶ。そして急に不安になり、飛び起きてまた呼ぶ。考えまいと思ってもリュドヴィックの姿が目に浮かんでしまう。彼はまだふらふらしている。さあ、まずは火をかき立てて、と想像上のリュドヴィックに声をかけたくなる。まだ熾《おき》が残っているはずだから、できるでしょ？　だが彼はルイーズを捜している。こんな早い時間に黙って外に出るなんてと首をかしげ、窓から外を見る。だが浜にもいない。貝を採りにいったわけではなさそうだ。そして彼は部屋を出て、アトリエでメッセージを見つける。

慌てて外に走り出て、大声で名を呼ぶ。ルイーズはそのあたりからなんとなく、これは自分に都合のいいシナリオにすぎないと思ったが、それでも先を続けた。リュドヴィックは部屋に戻り、しばらく考え、彼女が黙って出かけたのはかえってよかったかもしれないと思う。もし相談されていたら答えに窮しただろうと。そしてすぐに戻ってくると信じ、今日の分のペンギンを揚げようと鍋をとる……。

こんなことを考えている場合ではないと、頭をひと振りして夢想を追い払った。日が短いのだから、その時間を最大限活用しなければ。ルイーズはアイゼンをつけ、いよいよ雪の斜面に踏み込んだ。

これで死ぬんだと何度思っただろうか。滑落したまま干からびた自分の死体が何度目に浮かんだだろうか。体が妙な具合にねじれ、服が破れ、鳥に食い荒らされたむき出しの死体だ。もう数えきれないほどだが、そんなことはどうでもいい。今はただ気力を振り絞り、足を一歩前に出すことに全神経を集中するしかない。そうやってあと一歩、あと一歩と前進し、悲鳴を上げる体を無理やり運んでいくしかない。

捕鯨基地を出てから何日経ったのか、ルイーズにはもうわからなかった。五日？　六日？　いやおそらく七日だろう。いつから食べていないのかもわからない。最後のペンギンを口にしたのはいつだったろうか。空腹で胃が焼けるように痛む。頭は鉄床《かなとこ》のように重いが、体は妙に軽く、砂浜を転がっていく貝殻のようだ。ルイーズはすでに空腹の限界を超えたところにいた。

頭もほとんど働かず、ほんの少ししか、それもおかしなことしか考えられない。ある記憶から別の記憶へととりとめもなく思考が飛び、青春時代、今回の遭難、リュドヴィックとの出会いなどが入り交じる。睡眠不足のせいもある。初日の夜から凍りつくような寒さで、ほとんど眠れなかった。高いところに上がってからは雪にもぐる以外に体を休める方法がなく、雪の穴のなかで身を丸め、手足の先から徐々に冷たくなっていくのに耐えながら少しまどろむのがせいぜいだった。最後は腹部のくぼみにしか熱が残らなくなり、そこまでくると限界なので、真夜中に無理やり起き上がる。風だの雪だのに身をさらすことになっても、起き上がらなければ死んでしまう。最後の二晩は嵐で一睡もできなかった。風を直接受けないように崖の陰に入り、そこで行ったり来たりして体を温めながら日が出るのを必死で待った。アルフォンス・ドーデの「スガンさんのヤギ」のように、死ぬとしたら夜明け前だろうと思ったからだ。だが死ななかった。そして今、ルイーズは雪で覆われた急な斜面をゆっくりと下っている。靄がかかっているうえに、目がピントを結ばなくなっていてはっきりとは見えないが、その下の海岸沿いに赤い屋根が二つある。

当然のことかもしれないが、なにごとも出発前に思い描いていたとおりにはいかなかった。初日からそうで、氷河までたどりついたところでさっそく難問にぶつかった。圧力のかかった氷が無数の板やブロックに割れ、がれきの山と化していて、とても渡れる状態ではない。そこでルイーズは氷河の上のほう、つまり源流部を迂回《うかい》することにした。だがそのルートも容易ではなく、高みに出るまで岩と氷河の隙間や、クレバスが錯綜するあいだを縫っていかなければならず、二回に一回は袋小路に突き当たった。氷の壁にはさまれた暗い小道を行くうちに、亀裂に足をとられて氷河のなかにはまり込んでしまうこともあり、そうなると氷を削って段を作らなければ這い上がれず、ひどく体力を消耗する。それでも最初の夜は、氷に囲まれた岩の上で小さい火をおこすことができた。氷の壁が炎の揺れとともに赤や金に変色し、生きているかのようだった。ペンギンを茹でるところまではいかなかったが、少し温めることができ、生暖かい肉をのみ込むと元気が出た。だが火をおこせたのはそのときだけだ。

翌日は風が出て雨になった。その日も一日中、氷河の上流を目指して錯綜する氷の道を進みつづけた。すると夕暮れの最後の明かりのなかにようやく広い台地が現れた。その台地に上がってからは、暗くて足元が見えなくなったら雪にもぐるしかなくなった。そこは氷と雪と水だけの世界で、なんであろうと火をつけることはかなわない。ルイーズは仕方なく生肉をかじったが、これが数週間前だったら、腐りかけたその肉を見ただけで吐き気がしただろう。

それから何日も台地をさまよった。連日濃い霧が立ち込め、磁石がないのでまっすぐ進めない。霧が薄れて幻想的な太陽がぼんやり見えたときに方向を修正するが、いつのまにかぐるりと回って自分の足跡に出合うこともある。それは最悪のケースだが、無垢の雪原に嫌気がさしていたからだろうか、なぜかほっとする瞬間でもあった。「誰も歩いたことがない場所」という感覚は、以前の山岳ハイキングならルイーズを小躍りさせただろうが、今は恐怖の淵に追いやるだけだ。こんなにも助けを必要としているのに、人間はいったいどこにいるのだろう？　この世から消え失せたのだろうか？　自分が最後の一人なのだろうか？　このときなぜ凍死も餓死もしなかったのか、あの台地の上で果ててしまわなかったのか、あとから思い返してみてもルイーズにはわからない。覚えているのはとにかくロボットのように進んだということで、一歩一歩が闘いで、脚の筋肉が燃えるように痛かった。雪のなかから足を抜き、前に出し、深くもぐらないようにゆっくり体重を移動し、今度は逆の足を抜き、というのをひたすら繰り返す。何度も、何度も。それまでの長い経験がなかったら、あるいは進みつづけようとする陶酔めいた強い意志がなかったら、ルイーズは途中で倒れていただろう。最後のころはあまりにも疲れ、十五歩数えては止まって息を整えた。苦しさをまぎらすために、遠い記憶からよみがえった童謡を口ずさんでいたようにも思う。

やがてあるところで思いがけず太陽が顔を出し、視界が一気に開けた。するとルイーズは崖の端にいて、下に広がる低地の先のほうにぽつんと屋根が見えた。奇跡としか言いようがない。だがうれしくもなんともなかった。体も心も空っぽで、感動などわいてこなかった。意識にあったのは、あそこにたどりつかなければならないという、ただその一点だった。

入り口の扉はかんぬきが掛けられ、押さえに大きな石が置かれていたが、それらをはずすとほとんどきしみもせずに開いた。扉は二重になっていて、そのあいだの小部屋にベンチがある。どた靴が転がっているところを見ると、どうやらここで靴を脱ぐようだ。その向かいには洋服掛けがあり、着古した防水ジャケットが何着も並んでいた。二つ目の扉を開けると板張りの広い部屋に出る。普通の家でいえばリビングダイニングで、ガスコンロ、冷蔵庫、流し台、長テーブル、椅子などがある。ソファーも二脚あり、その前に置かれた木箱の上には雑誌が積んであった。

どれも使い込まれているし、清潔とは言いがたいが、一通りのものが揃っている。滞在者が外で拾ってきたものを子供のように並べたがるのか、羽根だの貝だの小石だのがそこここに置かれていた。壁の一つには染みのできた写真がたくさん飾られている。比較的若い顔が多く、ごちそうの前でにんまりしていたり、けがをした鳥を抱えていたり、用途不明の機器の前で笑っていたりする。鎧戸《よろいど》が閉まっていて、その隙間から弱い光が差し込み、埃が舞うのが見えた。ひどく静かだ。ルイーズはその部屋で床にがっくり膝を突いた。何日も前から胃が空っぽなのに、強烈な吐き気が襲ってきた。もうなんの力も残っていない。立ち上がることさえできないし、震えが止まらない。だがやり遂げたのだ。悪夢は終わった。

最後の力を振り絞って食品棚を開け、砂糖、乾燥パスタ、シリアルバーと手当り次第にのみ込んだ。それからソファーまで這っていって倒れた。眠ったというより気を失ったのに近い。どれくらい眠ったのかわからないが、目が覚めると夜だったので、また眠った。それを何度か繰り返し、ようやくすっきり目覚めると昼になっていた。

今回は空腹を我慢して食事の準備に時間をかけた。戸棚から必要なものを一つずつ取り出しながら、冷たくてなめらかな食器の手触りや、厚底の両手鍋の重みや、箱を揺らすと聞こえるパスタの乾いた音などを楽しんだ。それからパスタをよく茹で、トマトソースを温め、唾液が口いっぱいに広がるのを感じながらテーブルを整えた。食事を終えると、今度はベッドを探してそこで眠ることにした。リビングダイニングに隣接した二部屋に、合わせて十二台の二段ベッドが置かれ、掛け布団もきちんとたたんで載せてあった。ルイーズはこの数か月の苦しみに蓋をするかのように、たちまち深い眠りに落ちた。

最初の二日間、ルイーズは戻ることなどとうてい考えられないほど体が弱っていた。頭の片隅でリュドヴィックがまだあの廃墟にいると思ってはいたが、今の状態ではとても戻れないのでどうしようもない。水を探しにいくだけでもつらかったし、建物を出ることへの拒否反応とも闘わなければならなかった。ようやく見つけた避難所が、離れたとたんに消えてしまうような気がしたのだ。ルイーズはたっぷり睡眠をとった。そして起きているあいだは、子供のころのクリスマスよりも目を輝かせて備蓄品を確認し、時間をかけてリストを作った。ここには缶詰、ドライフルーツ、パスタ、米、乾燥野菜となんでもある。桃の缶詰を開けて中身をほおばり、甘い汁が喉に流れ込んだときには感動で死ぬかと思ったし、ジェリービーンズは箱の蓋まで舐め尽くした。

改めてリュドヴィックのことを考えかけたのは少し体力が戻ってからだったが、ちょうどその日にルイーズは建物のなかを見てまわり、バスルームコーナーを見つけた。奥まった小部屋の一隅に浴槽と洗面台があり、桶で湯を運んでくれれば風呂として使えるようになっている。

だがそこで衝撃が待っていた。ハエの糞で覆われた洗面台の上に鏡が掛けられていて、ルイーズはそこで自分の姿を見てしまい、ショックのあまり飛び上がった。これがわたし？　髪がべったり張りついた鳥の頭みたいなのが？　赤紫のくぼみのなかの異様な目が？　垢と凍傷が黒いまだら模様になったこの赤ら顔が？　「これは死体の顔」、それが口を衝いて出た言葉だった。そしてこのとき、ルイーズははっきり自覚した。自分は破滅寸前、衰弱の極み、死の一歩手前でかろうじてここにたどりついたのだと。誰かを助けようなどと言っている場合ではなく、まず自分をなんとかしなければならないのだと。まず自分が、ルイーズが生きなければならず、あとのことはそれからなんだと。そういえば飛行機に乗るたびに、「お子さんのマスクをつける前に、ご自分のマスクをまず装着してください」という機内アナウンスにショックを受けていたが、ようやくそれが正しいとわかった。

今捕鯨基地に戻ろうとすれば自分は死ぬことになる。それは疑いようもない。戻る道が見つかったとしても、あの廃墟には次の夏まで持ちこたえるだけの食料がない。ここからもっていける量には限界があるし、リュドヴィックをここに連れてくるのも無理だ。だがそう考える一方で、自分が原始的なエゴイズムに支配されていて、ただそれを正当化しようとしているだけだという気もしてくる。動物は他者のために自らを犠牲にするか？　しない。だが生きるということは自分を守ることで、他人の世話を焼く前にまず自分自身の面倒を見ることではないのだろうか。利他主義は恵まれた社会のものだろう。ルイーズが陥ったような窮乏状態でまず自分のことを考えるのは人間性の後退ではなく、優先順位の最適化にすぎないのではないだろうか。

いや、じつのところ、ルイーズはただもう恐ろしかったのだ。もう一度あの山を越えるのか、あの廃墟と〈四十番〉への道を探すのかと思うとあまりにも恐ろしい。どちらもただ危険なのではなく、失敗と死が待ち受けている。だから考えるだけで胃がよじれ、息が詰まる。なにをもってしてもこの恐怖は克服できない。いちばん大事な人の命でさえ、この恐怖をかき消す力をもたない。

重傷を負うと脳が鎮痛作用のあるエンドルフィンを分泌するという。同じようにルイーズの精神も、本人が知らないうちに、葛藤の痛みを鎮めようとしてリュドヴィックの記憶に忘却の幕を引いていった。だから日を追うごとに、無意識のうちに、ルイーズは彼のことを考えなくなった。死者の顔の細部が次第に思い出せなくなるように、リュドヴィックの姿は靄に包まれていった。

そのまま時が過ぎた。ルイーズはほとんど外に出ず、石炭ストーブの前に引きずってきたソファーを縄張りにし、そこで長い時間を過ごした。雑誌が読めるだけでうれしくて、飽きもせずにつまらない雑誌を何度も読み返した。乾いた場所にいる快適さを全身で感じながら、ぼんやり夢想にふけったり、雨が屋根板を打つ音に耳を傾けたりした。

風呂で過ごす時間も長かった。沸かした湯を運んできて浴槽を満たし、そこに身を沈め、湯が冷めたころに半ば昏睡《こんすい》状態で出るというのを繰り返した。髪ははさみでばっさり切り、爪も短くし、だぶだぶだが心地のよい服を着た。食欲が収まらず、次から次へとパスタや米を茹でたくなるのでなんとか我慢しようとするが、我慢しきれない。体重も少しずつ戻ってきた。リュドヴィックのことはもはや頭の奥にしまい込まれた思い出にすぎなくなっていた。

それから何日かしてルイーズはようやく虚脱状態を脱し、この基地のもう一つの建物のほうへ行ってみた。そちらは見るからに研究所で、食べ物があるはずもないのでそれまで無視していたのだが、好奇心と暇に背中を押されて行ってみると、なんと無線機があった。これで通信できる、どこかとつながる、誰かと話せる、助けを呼べると思うと感動で手が震えた。ジェイソン号に積んでいたのは小さい衛星電話だったので、この種の無線機を使ったことはないが、人が使うのを見たことはある。こっちのほうが安上がりだというので、いまだに置いている山小屋があるからだ。まずは電気がいる。つまりこの建物の発電機を起動させなければならない。

だがそれだけで三日かかった。それも偶然の助けを借りてようやくだったが、発電機がブルブルいいはじめたときには機械に勝ったと思えて希望がわいた。ガソリンがあまりないが、通信するくらいなんとかなるだろう。無線機そのものの操作はそれほど難しくないはずだ。ルイーズは適当につまみを回し、あちこちスイッチを入れてみた。するとディスプレイに数字が次々と現れてスピーカーから雑音がし、それが高くなったり低くなったりプツプツ切れたりしはじめた。だがそこからがどうにもならない。取扱説明書を探したがどこにも見つからず、「なんでないわけ？」と毒づいた。たまに外国語が聞こえてくると、ここぞとばかりにマイクに向かって叫ぶが、反応はなかった。インターネットでサクサクという時代にこんなにもたついて、無線機一つ使えない自分に腹が立ってくる。最近はなにもかも変化が速すぎて、新しい機器が開発されても二十年経たずに廃れてしまい、使い方がわかる人もいなくなってしまう。ルイーズはまだ粘りたかったが、ガソリンを使い果たすのが怖くなってスイッチを切った。クルーズ船が消え去ったときと同じ敗北感に襲われ、涙が出た。そしてあきらめた。これ以上闘ってもしょうがない。うっかりなにかに期待するとこういうことになる。だったらただ待っているほうがましだと思った。助けが向こうからやってくるのを、あるいはいいほうにしろ悪いほうにしろ状況が変わるのを待てばいい。なにしろ今更怖いものなどないのだから。

ルイーズは待った。重苦しい天気が続くなか、心地よい毎日を送りながら待った。いつのまにか新しい日課ができていた。朝はゆっくり起きて、粉ミルク入りのココアと、小麦粉を揚げただけのドーナツにジャムを塗ったもので朝食にし、熱い湯でゆっくり入浴。これだけで午前の大半が過ぎる。それから読書をし、石炭をとりにいき、ランチを考え、料理して食べる。昼寝、片づけ、戸棚の中身の分類。するともう夜が近づいてくるので、夕食を準備し、入り江が闇に包まれていくのを眺めながらゆっくり食べる。そしてたっぷり眠る。石炭も食料も、ルイーズ一人が冬を越すには十分な量がある。やがて春になれば科学調査船がやってきて、この出来事は終わるだろう。それを待ちながらルイーズは繭を作ってそのなかで生きつづけた。いや生きるというより、

〝これまで〟と〝これから〟の二つの生のあいだに浮いていたと言うべきだろうか。自分は繭のなかの幼虫で、チョウになるのを待つ以外になにもできないのだと思えた。〈四十番〉がどうなったかなど知りたくない。考えたくもない。ここにいれば、この孤独な要塞にいれば、安全なのだから。

少なくとも三週間、おそらく四週間経っただろう。季節は真冬を迎え、海岸ぎりぎりまで数メートルの雪が積もっていた。迷い鳥が時おり空を横切るだけで、ほかに動くものはない。木が生えていないこの島には風に揺れるものがない。風はいじめる相手がいないので、仕方なく建物の隅で唸ったり、雨粒を窓ガラスにぶつけたりして憂さを晴らしている。世界は基本的に白と黒になり、色といえば海側がわずかに緑がかり、崖側がわずかに茶色がかっているだけだ。どこを向いてもこの状態が永遠に続きそうな雰囲気が漂っている。

そしてある朝、久しぶりに雲が切れて水色の空が広がった。ルイーズは散歩することにした。数日前から熟睡できなくなっていて、運動不足のせいに違いないからちょうどいいタイミングだと思った。だが眠れない本当の理由は夢のなかでなにかが、というより誰かがルイーズを呼ぶからだ。

入り江の奥まったところは海が凍り、そのかけらが潮に運ばれてきて波打ち際で光っている。興味を引かれた鳥が何度も舞い降りてきて、これはなんだとしつこく調べている。ルイーズもこの鳥と変わらぬ生活を送っていると思いたかった。相変わらず食べて、寝て、冬を越すことだけに夢中になっていると思いたかった。だがもうそれができなくなっていた。日常に没頭できず、心がもやもやしている。無言の悔恨がそうさせるのか、頭のなかにリュドヴィックの映像が切れ切れに浮かんだ。日焼けでできた染みが目立つ前腕、苛立つと緑色に変わる瞳、オルガスムのあとのおかしな喉の音。朝のすがすがしい空気が入り江の霧を払うのと同時に、ルイーズの脳を覆っていた霧も晴れていく。そしてルイーズが足を速めるにつれ、頭に浮かぶ映像が鮮明になっていく。それは苦しみ、絶望したリュドヴィック、陽気でエネルギッシュなリュドヴィックではなく、ルイーズが愛し、こんな地球の果てまでついてきたリュドヴィック、その腕のなかにもう一度飛び込みたいと思えるリュドヴィックだ。ようやく忘れられたと思っていた記憶が、不意に戻ってきた。それにしてもなぜ今なのか。体力が回復したからだろうか。

それから迷いがやってきて、そのあと心が破れた。ルイーズは浜を歩きつづけた。今日は破れたジャケットではなく暖かく着込んでいるので、風が肌を刺すこともない。靴の底もすり減っておらず、砂利から守ってくれている。だが突然、そうした快適さを恥だと感じ、同時にそう感じたことに苛立った。ルイーズはわけもわからず走りだした。疲れてしまえば、へとへとになれば、また忘れられる、平和に眠れると思ったからかもしれない。だが途中でぴたりと足を止めた。以前の自分は、パリのモンスーリ公園でジョギングする人とすれ違うたびになんてばかげた体の使い方だろうと思っていた。その自分が必死で走っているなんてと驚いたのだ。それに、同じ島で誰かが餓死しかかっているときにこんなふうに体力を無駄にするなんて、不健全極まりないとさえ思った。そして後悔だの葛藤だのがすべてよみがえり、ルイーズの心を占領した。それとともに、ここに来て以来一種の昏睡状態のように続いていた休息の時が、唐突に終わりを告げた。こうなったらもう二度と心が休まることはないだろう。それがわかるだけに、ルイーズは散歩などしなければよかったとひどく後悔した。だがもう取り返しがつかない。ストーブの前ののんきな日々は終わってしまった。

それからさらに十日間、長い十日間、ルイーズは逃げ道を探した。あの息が詰まるようなあばら屋に戻ってなんになる？　ネズミにかじられた死体を見つけ、これがおまえの行動の結果だぞと突きつけられるだけだろう。それを思うとぞっとする。だがその一方で、ルイーズは米の袋を開けたりコーヒーに砂糖を入れたりすることにも嫌悪感を覚えるようになっていた。戦時中の人々はどうしていたのだろうか。まずは自分の身を守ったのではないのだろうか。小説にあふれているヒロイズムは、結局のところその分死者が増えるだけだ。一人で生きるか、それとも二人で死ぬかという選択でしかないのだから。

十日間、ルイーズはよく眠れず、もはや日常を楽しむことなどできなかった。十日間、嫌悪感は高まるばかりだった。そしてある朝、ほかに道はないと思った。

出てきた時と同じように入り江は静まり返っていて、古い捕鯨基地は雪の下で眠っていた。ルイーズには古巣に帰ってきたという感覚とは別に、大きな穴があいたタンクや黒ずんだ壁を再発見する覚めた目もあった。今回は天気が崩れず、体力も回復していたので、わずか三日でたどりついた。いったん決心してからは登山仲間も一目置く集中力を発揮したし、進むにつれて焦燥感に駆られ、足を速めたからでもある。

一筋の煙も見えず、雪の上の足跡もない。ルイーズはまた逃げたくなったが、もう遅い。そして〈四十番〉に着き、木の扉を開け、足音を響かせてコンクリートの階段を上がった。まずは小声で呼んでみた。それから大きな声で呼ぶと、どこかでネズミが走り去る音がした。部屋のドアがいつものようにきしむのを耳にしながら一歩入ると、湿気と糞尿の入り交じった強烈なにおいが鼻をつき、息が詰まった。くすんだ光のなかでルイーズの目が認識したのは、断熱材代わりに敷き詰めたぼろきれがまったく動かないことと、天蓋代わりのぼろ布があまりにも汚いことと、ベッドのまんなかがわずかに盛り上がり、人の形のようにみえることだった。

「リュドヴィック？」

声をかけたものの、ルイーズはもはや答えを期待していなかった。だがそのとき、シートからかろうじて出ている卵形の物体の表面に目が開いているのに気づき、次の瞬間瞼がゆっくり下がるのが見えた。だがどう見ても、それはリュドヴィックではなかった。灰色の皮膚が骨に張りつくようにくぼんでいて、鼻骨が飛び出し、猛禽類のようにみえる。ひげがもつれ、べったりした髪には白髪が交じっている。ルイーズを見つめているのは老人だ。顔の筋肉がまったく動かず、微笑みのかけらもなく、言葉もなく、ただ瞼だけがゆっくり動く。

ルイーズは近づき、震え声でそっと呼びかけた。

「リュドヴィック？　リュド、聞こえる？　わたしよ、ルイーズ」

老人の視線はこちらをじっと見ている。だが相変わらず顔は動かず、なんの表情もない。ルイーズは芝居にまったく興味のない観客の前で演技をしている気分になった。

ベッドの前にひざまずき、落ちくぼんだ顔をなでた。シートに覆われた体もごつごつして骨ばっているのがわかる。ルイーズは話しかけ、涙を流し、そっと両腕を回して抱きしめたが、相手は布人形ほども反応しない。ルイーズは正直なところほとんどあきらめていたので、死んでいたならこれほど動揺しなかったかもしれない。だがこの空虚なまなざしに迎えられ、打ちのめされてしまった。

火をおこし、もってきた粉ミルクを温め、唇のあいだにそっと流し込んだ。飲めないかもしれないと思ったが、喉仏がかろうじて動いてくれた。それでも一部は半開きの口からこぼれ、人に飲ませているというより革袋を満たそうとしているようだ。

そのあとで、吐き気と闘いながら体を拭いてやった。体中の皮膚がオーバーサイズの服のようにたるんでいて、関節が突き出ている。脚には青あざやかさぶたがあり、排泄物の跡もあった。なにがあったのだろう？　山を登ろうとしたのだろうか。けがをして、それでここに戻り、なすすべもなくルイーズの帰りを待っていたのだろうか。

体を湿気から守ってやりたかったが、マットレスの代わりがないので、仕方なくあいだに布をはさんでみた。

そうやって慎重に体の手入れをしている最中に、リュドヴィックがこちらに目を向けてため息をついた。それを見てルイーズはほっとした。リュドヴィックは、わたしのリュドは切り抜けられると思った。乾燥食品をもてるだけもってきたから、それで体力を取り戻せるはずだ。必要ならもう一度往復したっていい。そして元気を取り戻したら、事情を理解してくれるだろう。いや、なんとしても理解してもらわなければ。自分が悪いのではない。あまりにも弱り、あまりにも疲れていたのだとわかってほしかった。

その日の午後、夕日で雲の下辺が真っ赤に燃え上がったかと思うと、その反射で部屋がばら色に染まり、ルイーズをはっとさせた。そしてそのときルイーズは、この島で二人が粘り強く築き上げてきたものすべてを疎ましく感じている自分に気づいた。ペンギンも、オットセイも、二度と口にするものかと思う。獣のように生きようとしたことで、獣のように死にかけたのだから。山や海で自分があれほど追い求めた手つかずの自然とやらも、今はもう敵にしか思えない。こんなところに来たいと思ったなんて、どこまで馬鹿だったんだろう。その愚行はあまりにも高くついた。だがそれももう終わりで、ここからは好転する。きっと巻き返せる。リュドヴィックは回復し、春になれば助けが来て、二人は普通の生活に戻れるだろう。ルイーズは久しぶりに、リュドヴィックと愛し合う自分、新しい命を授かった自分を目に浮かべた。

昏睡状態の人には大きな声で話しかけるといい、そうすることで相手は力を得て生にしがみつくと聞いていたので、ルイーズもリュドヴィックに話しかけた。そしてろうそくの灯りを頼りにまた少し食べさせてから、新聞をベッドの足元に敷いてマット代わりにし、ハードシェルジャケットにくるまって身を丸めた。同じベッドにもぐり込む勇気はなかった。尿が染み込んだマットレスが嫌だったし、それ以上に、冷たくやせた体に身を寄せるのが嫌だった。

リュドヴィックだって一人のほうがよく眠れるからと自分に言い訳した。

夜中に寒くて何度も目が覚め、そのたびにリュドヴィックの様子を確認した。彼は眠っていた。時々大きなため息をつくので、夢を見ているのだろうと思った。

朝が来てもなかなか明るくならなかったが、ルイーズは驚かない。それだけこの島に長くいるということだ。太陽は雲のうしろで足踏みし、空もまずは灰色の部分が広がるだけで、それから少しずつ明るくなって青みを帯びてくる。ルイーズはその間《ま》を利用してようやく深い眠りについた。ところが不意に目が覚めたのは、また大きなため息が聞こえたからだろうか？　ルイーズはリュドヴィックが呼んだと思い、身震いとともに飛び起きた。きっとお腹が空《す》いたのだ……。いや、そうではなかった。リュドヴィックが腹を空かせることは二度とない。死を目の前で見たのはこれが初めてだった。祖父母の最後のときも「子供が見るものじゃありません」と言われて遠ざけられ、重いオーク材の棺《ひつぎ》しか見ていない。それにもかかわらず、こちらを見上げる視線が死者のものだというのはひと目でわかった。リュドヴィックはもういない。ここに横たわっているのはただの細胞の集積で、なんの力をもってしても生き返らせることはできない。あとは少しずつ、腐敗、粉砕、消滅の道を歩むだけだ。最初ルイーズは化かされたような気がした。なぜこんなことが起こりえたのかわからない。一晩中彼のすぐそばに、触れられる距離にいたのに、なぜ？　死がやってくるのが見えたわけでもないし、聞こえたわけでもないのに、こんな結果になるなんて。こんなとんでもないことを見逃したなんて。だってこれは本当にとんでもないことだ。リュドヴィックが死んだ。「リュドヴィックが死んだ！」声に出せば理解できるだろうかと大声で叫んでみた。その声は島のしじまを破りはしたが、すぐに壁が、雪が、海が吸いとってしまった。

ルイーズはそこでふと、リュドヴィックはただひたすら自分が戻るのを待っていて、ひと目会うためだけに生きていたのではないかと思った。だとしたらルイーズが戻ったことで彼は死んだようなものだ。ルイーズにひと目会えたことで、彼は闘いを捨てた。そんな残酷な！　いやいやありえない。彼がそんな残酷なことをするはずがない！

シートで覆われた肩に手を置いてそっと揺すってみた。だがなんの反応もない。いつのまにか涙が頬を伝って首に流れ、ジャケットを濡らしていたが、ルイーズはなにも感じなかった。

涙は止まらず、ルイーズはそのまま泣きつづけ、この悲しみを涙の海に沈めてしまおうと思った。と同時に、呪われた冒険旅行が逸脱して以来ずっと自分につきまとってきた無力感も沈めてしまいたかった。ルイーズは床に敷いた泥だらけのぼろきれの上にがっくりと腰を落とし、力を抜いた。闘いは終わった。リュドヴィックの命とともに、日々の緊張も闘いも終わった。来る日も来る日も不可能を乗り越えようとし、すべてから遠く離れたなにもないところで生き抜こうとする闘いはここまでだ。情け容赦ない自然は自分たちよりはるかに強かった。だがそもそも自然に情けなど期待してどうする？　ここでは毎日のように動物が生き、死んでいっているのに。

ルイーズはこれで一人になったと泣き、なぜもっと早く戻らなかったのかと泣き、もうどうしたらいいかわからないと泣いた。そして泣いて泣いて泣きつづけ、とうとう涙が涸《か》れた。体内の水分はすべて苦しみの川となって流れ去り、残ったのは腫れ上がった目と鈍い頭痛だけだった。

リュドヴィックの瞳はガラス玉のようになり、早くも薄い霞《かすみ》がかかりはじめていた。瞳のなかのなにかが凝固しはじめ、生者のための扉が閉ざされようとしている。

ルイーズはぼうっとしたまま、白い太陽が部屋を照らしはじめるのを長いあいだ眺めていた。空気があまりにも冷たくて、光が差しても埃さえ舞わない。音もない。再び静寂がここを支配している。雪の静寂が外を、ベッドの上の肉塊の静寂がこの部屋を。そしてルイーズの心もまた静寂によって支配されつつある。

だいぶ経ってからルイーズはようやく立ち上がり、昨日荷解きする時間もなかったリュックを拾い上げ、部屋をあとにした。

第二部　こちら

「あと一時間で会議だけど、ネタあるの？」

背の高い赤毛の女が休憩スペースのパーティションの上に顔を出した。そしてピエール＝イヴを見るなり噴き出した。

「なにそれ、ひっどい顔。飲みすぎ？」

ピエール＝イヴはむうとしか言えなかった。水曜の朝は編集会議だから、火曜の晩に友人を呼んでサッカー観戦というのはさすがにまずいということはわかっていた。しかも昨日オフィスを出た段階では、次の二週間はこの件を追いかけますと披露できるものが一つもなかった。それがあと一時間で見つかるかというと……かなり厳しい。それでも、先週一週間を「ネット依存症」の取材に費やし、バーチャルワールドにのめり込んだ若者たちから長々と話を聞いてまわったことを悔いてはいない。なにしろ夢中になれたのだから。自分で夢中になれたときはけっこういい記事が書けることをピエール＝イヴは知っている。そしてそのおかげで、マスメディア崩壊のなかでもそこそこ売れている週刊紙で仕事がもらえていることも。

『ラクチュ』は週刊だが中道の有力紙の一つで、他紙とは違う切り口やどきりとする話題で読者をつなぎとめている。文化欄は赤毛のマリオンが担当で、アフリカのマリの作家を発掘してきたり、美術界の新機軸になりそうな出来事《ハプニング》をいち早く取り上げたりと、目利きぶりを発揮している。ピエール＝イヴはシモンという同僚と二人で社会欄を担当しているが、なかなか快適な仕事だ。毎週一ページ分を記事で埋め、それ以外に隔週で特集を組む。昨日まではこの先の特集として、実業家からホームレスに転落したものの、そこでまた奮起してホームレスのための事業を起こそうとしている人物を取り上げるつもりだった。ところが電話で話してみたら自分がいかに努力家で粘り強いかを自慢するばかりなのでうんざりし、早々にあきらめた。記者がつまらないと思うものは、読者にとってもつまらないに決まっている。

マリオンに笑われたおかげで、大量のワインでふやけた頭にようやくスイッチが入った。ピエール＝イヴはそそくさと自分の席に戻った。結局のところこうやってプレッシャーがかかるのが嫌ではなく、心拍数が上がるとうれしくてぞくぞくする。あと六十分あるから、そのあいだに一つ見つければいい。まず十五分間、なんでも思いつくたびに書きつけておくメモを見直した。だがぴんとくるものがなかったので、次は往々にして情報入手が一歩早い英国系のニュースサイトを当たった。するとロイターのサイトで面白いものが見つかった。この日の朝の日付で、「奇想天外」という見出しが目を引いたが、中身も本当に奇想天外だったのだ。

奇想天外

［スタンリー（フォークランド諸島）――ロイター］

南大西洋上のストロムネス島で任務遂行中だった英国南極研究所（ＢＡＳ）の調査船アーネスト・シャクルトン号から、フランス人女性一名を発見したと報告があった。八か月前にヨットを失い、それ以来この島にいたという。耐乏生活の末に連れの男性は死亡。女性はペンギンとオットセイを食べて生き延び、その後ＢＡＳの基地を見つけて避難した。女性はすみやかにスタンリーに移送され、当局の聴取を受ける予定。

二十一世紀の女性版ロビンソン・クルーソー。こいつは悪くないとピエール＝イヴは思った。遭難、そしてパートナーの死と、悲劇が二つ。さらに自然との闘いもある。つまらない話に終始する恐れもないわけではないが、魅力的な人物像を描けるかもしれないし、欠乏や孤独、社会的枠組みの喪失といった点を掘り下げることもできるだろう。もちろんすべてはこの女性がなにを語るかにかかっている。そのためにもすぐに動いて独占取材したい。うまくいけばスクープだ。

心拍数が一段と上がり、これはいけるぞと気合が入る。

だが時差を考えると、スタンリーの誰かに電話するには時間が早すぎる。とりあえずウィキペディアにざっと目を通した。ストロムネス島は南大西洋にある山がちのイギリス領の島で、島全体が自然保護区に指定されている。ここを訪れるのは許可を得ている研究者に限られ、それも比較的暖かい時期だけだ。気温は夏が五度から十五度、冬はマイナス十五度からマイナス五度。アプテノディテス・パタゴニクス、すなわちキングペンギンの大コロニーがあることで有名。息をのむような写真も載っていた。氷山、見渡すかぎりペンギンがひしめく海岸、雪を頂く尖鋒……。

完璧だ。視覚に訴えることもできる。

　結局外務省に電話することから始めた。発見されたのはフランス人女性なのだから当然情報を得ているはずだ。外務省にはシベリアの石油開発事業に従事するフランス人を取材したとき親しくなった特命担当官がいるので、さっそくかけてみた。すると行方不明者の捜索を担当する部署に回してくれた。

「ええ、確かに、英国外務省から情報が入っています。名前はルイーズ・フランバールさん。本人のご両親と、パートナーのリュドヴィック・ドラトレイユさんのご両親から捜索願が出されていました。ウシュアイアとケープタウンのあいだの南大西洋で行方がわからなくなったとのことで、八か月前に行方不明者情報が関係各所に回されていました。英国からの概要報告によれば、フランバールさんは精神的ショック状態にあるものの、体のほうは健康だと調査船の船長が言っているそうです。スタンリーの当局が供述をとりたがっているようですが、いずれにしても、可及的すみやかにフランスに送還されることになるでしょう」

　そして嘆息し、こうつけ足した。

「この件についてはまだ問い合わせがありませんでしたが、いつまでもそういうわけにはいかないでしょうね」

　そのあとアーネスト・シャクルトン号の電話番号を聞き出すのにかなり骨が折れたが、幸い電話口の相手が『ラクチュ』を高く評価していたのでなんとかなった。

　そこで時間切れとなり、ピエール＝イヴは走り書きをもって会議室に駆け込んだ。

「ルイーズさん、はじめまして。体調はいかがですか？」

まずはやんわりと、とピエール＝イヴは肝に銘じていた。アーネスト・シャクルトン号の船長からも、「健康に問題がないといっても精神的にはひどく不安定で、泣いてばかりいる状態ですから」と繰り返し言われた。だが運よく得られたチャンスを無駄にしたくないので、フランス外務省の依頼を受けているとしつこく言い、ようやくルイーズと話をさせてもらえることになった。そうでなければ船長は許可しなかっただろう。

「あの、どちらさまでしょう？」

電話越しのおずおずしたその声は、しわがれてやや低く、大泣きした女とブルース歌手の中間のような響きだった。ある意味では力強く、疲れてはいるがどこか肝が据わっている、そんな印象だ。ルイーズの写真はフェイスブックで見つけてあった。山を下りたところや仲間との食事といったスナップで、今も拡大したものが目の前にあるのだが、その姿と声がうまく一致しない。ルイーズ・フランバールは小柄で、華奢で、顔も逆三角形で小さい。どちらかというと鳥のさえずりに近い甲高い声を想像していたのだが……。

「ピエール＝イヴ・タスドアといいます。あなたのことを聞きました。すごい、大変な勇気だ。わたしはラクチュ紙の記者で、少しだけ話を伺いたいんです。アーネスト・シャクルトン号に乗られたのはだいぶ前ですか？」

「三日前です」

「船が島に来たときのことを聞かせてもらえませんか？」

仕事は心得ているし、主導権を握るのはお手のものだ。誰でも自分のことを話したい。だからその衝動を利用する。考える時間をあまり与えないこと。読者を引きつけるのはあくまでも自然に出た言葉なのだから。

「窓から見えました。朝コーヒーを飲んでいたときです。船が湾に入ってきて錨を下ろしました」

「コーヒーを？」

ルイーズはなんの抑揚もなく、当たり前のように〝コーヒーを飲んでいた〟と言った。

「あなたは外に飛び出して船に呼びかけたんですか？」

「いいえ。少しするとボートが降ろされて、基地のほうにやってきました」

ピエール＝イヴは一瞬混乱した。この女性は何か月ものあいだ恐怖と闘ってきた。それなのにようやく助けが来たとき静かにコーヒーを飲んでいた？　なにかの冗談か？　放っておいてほしくて、取材を煙《けむ》に巻くために返答を練り上げてあったのだろうか。それとも頭をやられてしまったんだろうか。

「待ちきれなかったんじゃありませんか？　とうとう助けがきたんですよ！」
「さあ、どう感じたのかもうよくわかりません。わたしは基地にいたんですから、どっちみち見つけてもらえますし」

〈四十番〉の扉を閉め、再び科学調査基地に戻ってからというもの、ルイーズは虚脱状態に陥ったまま抜け出せなくなっていた。時間の経過にも昼夜の別にも関心がなく、ただ目の前のものをぼんやり見つめて過ごす毎日だった。パスタを茹でるときは、湯が沸いてくるのを、泡が次第に大きくなってはじけるのを眺める。雨が降りはじめたら、雨粒が落ちるのを、窓枠にたまって隙間からしみ込んでくるのを眺める。春になってからはアホウドリの求愛ダンスを眺めて過ごした。天気がよかろうが悪かろうが外に出て、湿った草の上に座り、アホウドリがゆっくり体を揺するのを眺める。カップルは向き合って羽を軽く広げ、謎のダンスを始める。それは小刻みなステップと、慎重な羽ばたきと、首をひねったり嘴を交差させたりする動きが組み合わされた複雑な振り付けで、そこに哀調を帯びた鳴き声や喉を鳴らす音が添えられる。大きな体を全部使った優雅な求愛だ。アホウドリは毎年同じパートナーと寄り添うとルイーズはどこかで読んだことがあった。踊りと鳴き声で互いを認識し、絆を確かめ合うのだと。だがそれを眺めて楽しいのか、なぐさめになるのかと訊かれてもルイーズにはわからない。興味があるとさえ言えない。それくらい感情というものが消えていた。ルイーズはあらゆる感情を〈四十番〉に、あの寒い部屋のなかに置いてきた。だからあの部屋に残されたもののことを考えることができず、そもそも考えてはいけないと思った。雪に閉ざされたこの島のようにルイーズの心は鈍り、無感覚になり、やがて凍りついた。それでも体だけは動きつづけ、生きるための仕事をこなした。規則的に食品棚を漁り、料理して食べる。昼のあいだは目を開け、夜になると目を閉じ、夢を見ずに眠る。

調査船が姿を見せたときもその状態だったので、安堵も不安も感じなかった。いつかは来るとわかっていたし、それが今日だったのかというだけだ。

アーネスト・シャクルトン号の幹部に話したときと同じように、その電話でも最初のうち、ルイーズはよく考えもせずただ思いつくままに語った。ルイーズの無関心、無感覚は生き延びるための鎧なので、簡単には壊れない。単純にいえばこの八か月を消してしまいたいのだから、周囲にも放っておいてほしかった。鍋のなかの泡や浜辺の鳥のダンスをぼうっと眺めるだけの日々があのまま続いていたとしても、なんの不満も感じなかっただろう。それでも質問には答えなければならない。放っておいてもらうためにも、とりあえず答えるべきだと思った。

「連れですか？　ええ、捕鯨基地で亡くなりました。そのときのことはよく覚えていません。ある朝気づいたら、もう息をしていませんでした」

ルイーズはリュドヴィックの遺体が船に収容されたときのことを知らない。サバイバルシートに包まれた遺体を見ずにすむようにとの周囲の配慮で、鎮静薬を処方されていて立ち会えなかった。だから航海士の上着に嘔吐の跡があったことも知らない。リュドヴィックの遺体を探しにいき、ネズミにかじられた、というよりむしろネズミが食い残した残骸を見つけたのはその航海士だった。

ピエール＝イヴとの会話は長引いた。そのうちにルイーズの意識が目覚めはじめ、脳が不愉快だと言いはじめた。

「なぜこんなにたくさん質問するんです？　なんのためですか？」

「申し上げたようにわたしは記者ですから」

脳波が突然乱れたかのように、警戒信号が体を走り抜けた。

「え、でも、こちらは記事になどしてほしくありません。ほっといてください」

ピエール＝イヴのほうは考え込んでいた。録音を過信してはならないので、はじめのうちは相手の言葉を丹念にメモしていたのだが、途中からやめてしまった。今はルイーズの写真を見つめながら無意識に幾何学模様の落書きをしている。その写真のなかの笑った美しい目を見ているうちに、ほんの少し同情する気持ちがわいてきた。それは記者として決してまずいことではなく、同情できれば相手の立場に身を置きやすくなり、記事を書くときいい言葉が見つかる。いや、実際ピエール＝イヴに芽生えたのは同情以上のもので、一種魅了されたと言ってもいい。ルイーズの低く静かな声は、大したことではないかのように恐怖、空腹、死を語る。それでふと、自分が彼女の立場だったらなにをどう感じるだろうかと考え込んでしまったのだ。だが不意にルイーズが拒否反応を示したので、われに返った。

「ルイーズさん、フランスではあなたの話はもう知られていて、大変な反響なんです」

こういうのを嘘も方便というのだろうが、実際そうなることは間違いないので気が咎めることもない。

「つまり、あなたは厄介な立場に追い込まれるかもしれません。インタビューを求めてマスコミが殺到するでしょうし、面倒なことになりますよ。でも今あなたに必要なのは休息と、ご家族との再会ですよね。わたしにはそれがわかります。だからあなたを困らせるつもりはありません。ほかのジャーナリストがなにか言ってきたら、わたしに、ラクチュ紙のピエール＝イヴ・タスドアに聞けと言えばいい。あとはこちらでなんとかします。いいですか？　名前を覚えていただけましたか？」

こんないい加減な提案が受け入れられることはまずないのだが、ルイーズはええと答えた。ピエール＝イヴはうまくやったと思ったが、じつのところこのときのルイーズならなんにでもええと答えていただろう。相手がいい人だと思ったからでもなんでもない。ただもううんざりで、どうでもよかったのだ。

「今日はこれで失礼します。帰国される日に空港でお会いしましょう。どうぞお大事に。キスを送ります」

キスを送ります？　手紙でもないのになんだか妙なことを言ってしまった。

ともあれ、こうなったらあとは行動あるのみ。急いでデスクのディオンをつかまえて、あのばかげた不動産スキャンダルのページを没にしてもらい、その足でグルノーブル行きの電車に飛び乗ってヒロインの両親に会いにいくとしよう。

ピエール＝イヴはグルノーブルのモンタンヴェール通り二十三番地の写真をダウンロードした。きっちり刈り込まれたヒノキの垣根と豪壮だが趣のない邸宅を見ただけで、少々鼻持ちならないブルジョア家庭が想像できたが、実際に会ってみたら少々どころではなかった。父親は太鼓腹で髪がほとんどなく、目の下が大きくたるんだ気難しい男で、母親は控え目だが身だしなみに抜かりがなく、ブラウスにも皺一つない小柄な女。体形は娘とそっくりだ。客間もワックス仕上げの家具に、テーブルの上のレースの敷物、棚の上には置物と抜かりがなかった。ピエール＝イヴはミルクティーで歓待された。ビールが欲しかったが、そんなことが言える雰囲気ではない。

もちろん両親は娘が無事だったことを喜んでいた。とても喜んでいた。だがそれをあえて態度に出さないのがこの家の流儀らしい。ルイーズのあの抑揚のない話し方はこの家で身についたものなのだろうか。父親は両手を肘掛けに載せたまま、視線だけを窓からテーブルへ、テーブルから窓へと移す。言葉はあくまでも丁寧だが、招かれざる客に対する丁寧さだとわかる。

ピエール＝イヴは自分の親にも少しだけ似たところがあるなと思った。つまり、自分のことでよそ様を騒がせてはいけないと考える世代だ。だから自分のことを見抜かれないように堂々としていなければならない。夫婦のあいだでさえめったに感情を吐露することがない。

それでも粘っていたら、ようやく父親がちらりと本音を漏らした。

「それにしても、せっかくいい仕事に就いていながら、なぜ冒険旅行なんかに出る必要があったのやら。まあ、こういっちゃなんですが、リュドヴィックにはどこか浮ついたところがありましてね。いやもちろん優しくて感じのいい男なんだが、少し考えが足りないというか、おわかりいただけるだろうか」

その続きは推して知るべしで、娘にはいい教育を受けさせたつもりだったのに……と続いた。いい教育に、まともな仕事。ところが山に通い詰めるという妙な癖がついてしまって、それだけはやめさせることができなかった。もう子供をもってもいい年なのに、落ち着くどころか、今度は海の冒険の旅に出るなどと言いだした。妻も自分も怖かった。行方がわからなくなったとき、届けを出そうとは思わなかったが、リュドヴィックの両親が通報し、自分たちが捜し出すから任せてくれと言った。

「お気の毒に……」

母親が少し声を詰まらせた。

ピエール＝イヴは両親に娘と電話がつながったところを演じてもらって写真を撮ろうと思っていたが、その考えはすぐに捨てた。この二人にはとても無理だ。その代わり、使うかどうかは別として、とりあえずルイーズの子供のころの写真とリュドヴィックと一緒の写真を手に入れた。

帰りのTGVのなかでピエール＝イヴはずっとその写真を眺めていた。時間がないという切迫感も手伝って、二人の事件を追う刑事にでもなった気分だ。この件には人を引きつける要素が詰まっているし、フランス中の関心の的になることは間違いない。だから社内でも押しまくり、普通なら二、三週間かけて準備するところを、いきなり次号で、それも第一面でという了解をとりつけた。つまりすべてが自分の肩にかかっていて、編集局全体がついてくる。だが今の段階でルイーズから先程の電話以上の情報を聞き出すのは無理だろう。彼女は気力を失い、殻に閉じこもろうとしている。あんな目にあったら誰でもそうなる。では両親はというと、ルイーズの両親には失望したし、リュドヴィックの両親は今のところ涙に暮れるばかりだろう。写真のなかの二人はごく普通の若いカップルで、にこやかに笑っている。ピエール＝イヴはこの二人がなぜ地獄に落ちたのかを理解したかった。いや理解しなければならないと思った。ほかの記者なら適当にでっち上げるかもしれないが、信憑性にこだわるピエール＝イヴにはそれができない。彼は常々、唯一の真実とまではいかなくても、とにかく事実を明らかにすることがジャーナリストとしての自分の使命だと思っている。

改めて写真の二人をよく見て分析を試みた。

――リュドヴィックは体格がよく、まあハンサムの部類に入る。顎にえくぼ、下唇が分厚く、ちょっとふてくされた感じ。屈託のない青い目。もてるタイプ。

――どの写真でも服が乱れ、髪がぼさぼさ。自信があるからあえて社会規範に背けるというタイプだろうか？

――両手を大きく広げたポーズが多い。でなければルイーズに頬を寄せるか、抱きしめるか、肩や腰に手を回している。ひょっとして多動性障害？　あるいはこの年でまだ甘ったれ？　いずれにせよ自分にも人生にも自信がある。だから寛容。

――不動の微笑み、皺一つない顔。苦しみを知らない男。

――ルイーズのほうはどこか力が入っている。自分の体と折り合いがつかないといった印象。膝を抱えたり、両手で顎を支えたりといった守りの姿勢が多い。リュドヴィックが肩に手を回していても、ルイーズのほうは両手を下げて少し硬くなっていて、嫌がっているようにさえみえる。

——顔はリュドヴィックと同じで屈託がなく、若々しい。ただし大きな緑の目に夢想するような、あるいは物悲しい迷いが垣間見える写真や、唇を軽く嚙んでいる写真が少なくない。なにか不安があるのだろうか。美しいアポロンを失うのが怖いのだろうか。

——背は平均より少し低い。やせている。ん？　待てよ……。

ピエール＝イヴは顔を近づけて写真をよく見た。違う、ただやせているのではなく筋肉質なんだ。だから余計に手首や足首、首、腰が細くみえる。つまり弱いようで、強い。

二人が見つめ合う写真もある。愛のまなざしを見誤らないのが自慢のピエール＝イヴには、この二人は愛し合っているとすぐにわかる。どちらの目もときめきや、絶えず相手を再発見する驚きで輝いているし、満ち足りた官能の喜びまで見てとれた。

パリに戻るとシモンにも応援を頼み、二人で精力的に動きまわった。とにかく訊けるところからすべて話を訊こうと思った。税務署とフォイド&パートナーズの前で職場の同僚をつかまえ、ルイーズの登山仲間のフィルとサムをつかまえ、リュドヴィックの両親とも少しだけ話をした。無論この状況で根掘り葉掘り訊いたりはしない。続いてフランス領南方・南極地域（ＴＡＡＦ）の政庁に所属する科学者から南大西洋の島々の概要を手ほどきしてもらい、さらにサバイバルテクニックに詳しい軍医、栄養学者、心理学者、危機管理の専門家、フェイスブックで見つけた学校時代のクラスメート三人からも話を訊いた。

これでおおむね背景がつかめた。ピエール＝イヴの分析はけっこう当たっていた。だがそれは背景にすぎず、肝心の中身はこれからだ。具体的にどういう順でなにがあったのか、つまり遭難、サバイバル、リュドヴィックの死といった出来事の詳細がなければ話にならない。やはりもう一度ルイーズから訊くしかないと思いきってアーネスト・シャクルトン号に電話したが、船長はもうつないでくれなかった。

翌日には英国紙に記事が出て、情報はあっという間に英仏海峡を越えた。これで狩猟は解禁だが、こちらにはまだ一日の長がある。ピエール＝イヴは海外で遭難したフランス人の扱いについて聞きたいという口実で、例の外務省の知り合いをランチに誘った。最近評判のビストロ、うまいワインと、いい雰囲気のなかで話が弾み……狙いどおりルイーズの話が出た！　明日フォークランドからロンドンに飛び、その夜は大使館の領事部が引き受け、明後日パリに入る予定だという。もう秘密もなにもない。すでにちらほらと報道が出はじめているので、明後日は外務次官がオルリー空港に迎えにいく。それに先んじて新聞向けの公式発表もあるとのことだった。

ピエール＝イヴは賭けに出ることにした。

公式発表はロンドン経由で帰国することにも触れるだろうか？　触れないとしたらそこがチャンスだ。そこで、ロンドンでルイーズさんに会いたいので、領事部に紹介してもらえないかと頼んでみた。相手はちょっと顔をしかめた。いやあ、わたしの職務とは関係がないし……うわさになったりすると……。だがピエール＝イヴはマンゴーのカルパッチョとコーヒーを利用して粘った。誰にもわかりませんよ、と。そしてさりげなく、あなたのおかげでもうルイーズさんとはつながりができていてと念を押しかけ、そこでふと思い立ってこう言った。

「それに、この話にはひどく興味があって、単なる記事以上のものを書きたいと思っているんです。つまりルイーズさんのことを本にしたい。だからこそ、メディアが寄って集《たか》ってルイーズさんを混乱させる前に、きちんと話を訊いておきたいんですよ。本当のところをね。公式発表にロンドン滞在のことが含まれないとしたらまたとない機会だし……」

本の話はとっさの思いつきだったが、話をしているうちに悪くないと思えてきた。

力説が功を奏し、駐英大使館の領事部に話を通してもらえることになった。メールは記録が残るので、電話で。

ロンドンに向かうユーロスターのなかで、ピエール＝イヴの脳裏には早くも自分の本が書店に並んだところが浮かんでいた。

ロンドンのケンタッキー・パブのドアを押し開けたとき、イギリス人ってほんとにセンスがないんだからとルイーズは思った。くたびれたカウンターにサッカーのトロフィーが並んでいるのは温かみがあっていいとしても、あとは惨めだ。ボックス席は照明が暗く、変色した花柄の壁紙は店内でたばこが吸えた時代の名残をとどめている。テーブルは木目調のイミテーション、座席は革調のイミテーションで擦り傷だらけ。それにもかかわらず、だらしない家のなかのように人間くさいところが面白い。とそこまで思ったところで、ルイーズは心のなかで微笑んだ。この調子だ。こんなことが面白いと思えるなら、自分は息を吹き返せる。

科学調査基地で保護されてからフォークランド諸島に着くまで、ルイーズの精神はいわば冬眠状態にあった。アーネスト・シャクルトン号の乗組員はこまごまと気を配ってくれたが、思いがけない珍客に当惑しているのは明らかで、あれこれ聞くと騒ぎだすとでも思ったのか、腫れ物に触るような扱いだった。

でもそのおかげで放っておいてもらえた。食事は運んできてくれるし、通路ですれ違えばいいお天気ですねと声をかけてくれるが、それ以上のことはない。とにかく誰もが然るべき人々に引き渡して終わりにしたいと思っているようだった。

冬眠状態にいたルイーズが最初の衝撃を受けたのは、フォークランドのスタンリーで船から下りたときだ。小ぎれいな家々、ルピナスが咲き乱れる庭、昔ながらの上げ下げ窓に純白のカーテン、こんな世界の果てでも「英国風」が根を張り、すべてが快適で控え目な造りになっている。こういう普通の暮らしをどれほど夢見たことだろうか。ところがおかしなことに、ルイーズはその家並みを好きになれなかった。なにもかもがちまちました、うわべだけのものにみえ、自分はもう普通の感覚を失ってしまったのかと当惑し、早々にホテルに逃げ込んでシャワーを浴びた。

熱いシャワー！　アーネスト・シャクルトン号ではそんな贅沢は許されなかったが、ここでは流しっぱなしにできる。ルイーズは長々と浴びつづけ、やがてホテルの支配人がやってきてドアをノックし、「水漏れですか？」と訊くまで、一時間近くそこを動かなかった。順に水流を当てることで筋肉の感覚が一つずつ戻ってくるのがわかったし、体だけではなく心まで洗っているような気もした。湯とともにけだるさも悪夢も絶望も流れていく。両手を見ると皮膚がふやけて白くなり、島では気にもかけなくなっていた切り傷やたこの周りが膨らんでいた。いや、ふやけたのはむしろルイーズの心で、それと同時に、生存のために頭のなかに築いた〝無感覚〟という要塞が崩れていった。だがそれがなにを意味するかに気づいたのは、支配人に懇願されてようやくシャワールームを出て、タオルで体をくるんで湯気が立ち込める狭い浴室に立ったときだ。そこでルイーズはもうじきすべてと向き合わなければならないのだと気づいた。人生がまた始まる。仕事も、もしかしたら友人関係も、そして〈四十番〉も。そうパリの本物の〈四十番〉での生活が始まる。できるだろうか？　そんな強さが自分にあるだろうか？

ルイーズは恐る恐るリュドヴィックのことを考えはじめた。船長から「ドラトレイユさんのことはこちらでお引き受けしましたから」と言われたとき、自分がなにも質問しなかったことを思い出し、それから不意に捕鯨基地の最後の記憶が戻ってきた。あの緑がかった光、ぼろぼろのサバイバルシート、目……あの目が！　開いたまま動かない目、すでに薄い霞がかかり、なにかが凝固しはじめていたあの瞳。自分はあの人を見捨てた。救助されてから初めて、心をかき乱す思いが次々と押し寄せてきた。リュドヴィックから離れるべきではなかった。もっと早く彼のところに戻るべきだった。自分は彼の命を犠牲にして、自分だけが生き残るチャンスに賭けたのだと。

手が震えて体を拭くのに時間がかかった。普通の生活に戻るルイーズを待っているのは暖かいシャワーのような愉快なものだけではない。不愉快な現実もたくさん待っている。

そのあとすぐに、スタンリーの警察署で最初の〝不愉快〟が待ち受けていた。二人の太った警察官から事情聴取を受けたのだが、この二人が最悪で、ルイーズは腹が立ってたまらなかった。犯罪といえばアルコール中毒患者の軽罪くらいしかないこの国で、警察は偉いんだとふんぞり返っていて、いきなり説教から始まり、それが三十分も続いた。つまりストロムネス島に行ったことは犯罪であり、起訴に持ち込むこともできるという内容だ。遭難者が生き延びるためにペンギンやオットセイといった保護動物に手を出すのはやむをえないとしても、捕鯨基地に与えた「損害」についてはつぶさに報告してもらいたいという。

「なにしろ歴史的記念物ですからね」

要するに、まともに話ができる相手ではない。

と思ったのと同時に、ルイーズは話を複雑にしてはいけないとも思った。リュドヴィックについて訊かれたら、二人は飢え、凍え、リュドヴィックは弱り、クルーズ船を追いかけたあとで病気になったと単純な流れで説明したほうがいい。わたしにはどうすることもできませんでした、以上。

この二人の警察官にはそれで十分だろう。一人のフランス人がどういうふうに死んでいったかなど、彼らは気にかけてもいないのだから。

そう考えたらなんだかほっとして、そうだ、なんでもかんでも事実を言えばいいというものではないと頭にメモした。今さらどうしたところでリュドヴィックは戻ってこない。それに、嘘をつくというほどのことではなく、ややこしい部分を端折《はしょ》るだけだ。そもそも自分たちのことを誰が本当に理解できるだろうか。命拾いがなにを意味するかは、何か月もペンギンをかじりつづけた者にしかわからない。

ルイーズがケンタッキー・パブでミルクティーを飲んでいると、ほどなくその男が現れた。黒いジーンズに千鳥格子のジャケット、笑った丸顔、緑の四角いフレームの眼鏡。その眼鏡の奥で大きく見開いた目が店内を探す。間違いない。こんな格好をするのはパリのジャーナリストくらいのものだ。男は迷わずルイーズのほうにやってきた。

「ルイーズさん、お目にかかれて光栄です！　調子はいかがですか？」

男は太鼓腹をどうにか席に収め、流暢《りゅうちょう》な英語でビールを注文した。

ピエール＝イヴのほうはルイーズを見るなり予想どおりだと思った。写真以上にやせていて、藤色のセーターがぶかぶかだ。フォークランドで支給されたものだろう。骨ばった手が痛々しく、目が、特に緑の瞳が異様に目立っている。そのせいか、あるいは頬がこけて陰になっているからかもしれないが、あの写真の少々子供っぽい無邪気な雰囲気が消えている。その一方で驚いたこともある。ルイーズのまなざしが移民と同じだったことだ。彼自身、おんぼろ船から下りてくる難民に何度かインタビューしたことがあるが、その誰もが途方に暮れた、過去の悲劇をため込んだまなざしをしていた。ルイーズを待っているのは難民キャンプではないが、二つの世界のはざまを漂っているところは同じなのかもしれない。

ピエール＝イヴの思考の回転速度が上がった。残念ながら哀れな難民たちが読者の興味を引くことはない。でもルイーズなら同じ白人、ヨーロッパ人、「わたしたちと同じ普通の女性」なのだから、読者も自分の身に置き換えて想像することができる。こんなことは口にしたくないが、不法滞在者は未分化の集団を形成していて記事にしにくい。だがルイーズは特別な個人、特異な存在だ。そんな考えに夢中になって、相手の答えをよく聞いていなかったことに気づいてはっとした。

「ありがとうございます。元気です。というか、少しましになりました。でもなにもかもが急で……少し戸惑っています」

じつは戸惑うどころではなく、ルイーズは怖かった。また自分の足で立たなければならない時がすぐそこまで来ている。明日からは数々の決断を迫られるだろう。両親とはすでにスタンリーで長電話をすませ、グルノーブルで一緒に暮らそうと言われたのを断った。〈四十番〉に戻るのも悪くはないだろうが、旅に出るとき友人に貸してしまったし、部屋を空けてほしいと電話する気にはなれない。それにリュドヴィックのいない〈四十番〉など考えられず、そこに一人で住むのかと思うと恐ろしくなる。心がまだ漂流状態なのだから、ホテルのほうがふさわしいだろうと思った。よそよそしさは嫌だけれど、それくらいは我慢できる。

「ああ、その戸惑いはよくわかります」ピエール＝イヴは思考を切り捨てて会話に戻った。「ええと、伺いたいことがたくさんあるんですが、あなたが疲れない程度にと思っています。ただその前に二、三、あなたのために言っておかなければならないことがあります」

いつもとは違い、ピエール＝イヴは真剣に相手のためを思っていた。まるで母親のように、自分が教えてやらなければと感じていた。こんなことを知ったら、ほかの記者連中は迷子の子猫を見つけたどこかのご婦人かとからかうだろうが、そういうことではない。哀れだと思ったのではなく、心を動かされたのだ。もろいようにみえるこの女性が秘めたなにかに感動してしまった。だから助けようと思った。明日からのルイーズにどうしても欠かせない助言者に、自分がなると決めた。

そこで、これから起こることについてはっきり伝えた。空港で外務次官とともに待ち受けている報道陣、殺到するインタビューの依頼やトーク番組への出演依頼、通りで彼女に気づいて声をかける通行人、追いかけてくる編集者やディレクター……。気の休まる暇もなくなる。だが自分は、ピエール＝イヴは、あなたには安らぎが必要だとわかっている。あんな経験をして数日で日常に戻れる人などいない。だから、ばか騒ぎを切り抜けるのを助けるつもりだし、必要なら専属の広報担当者を紹介しよう。適任者を知っている。仕事で長いつき合いがあるアリスという五十代のタフな女性で、始終問題を起こす有名スポーツ選手のマネジャーをしていたこともある。機転が利くし、危機対応能力も高い。

話を聞いてルイーズは仰天した。なにも望まないしなにも頼んでいないのにトーク番組だの広報担当だの、いったいなんの話だろう？　こちらは放っておいてほしいだけなのに。不意に山が恋しくなった。クライミングに集中し、心地よい疲労とともに眠りたい。岩のホールドの感触に、染み出る水で黒ずんだ岩の亀裂に、手につけるチョークのにおいに神経を研ぎ澄ましたい。静かなところにいたい。それなのに、ピエール＝イヴは騒音と狂乱の話をしている。

「しかしですね、あなたは消えるわけにはいかない。誰もが待っているんですから。あなたの経験はそれほど稀有《けう》なものです。石器時代並みの状況に身をおくなんて！　なぜ踏ん張れたんです？　想像を絶する日々の闘いがあったはずだ。フランス中がその話に夢中になりますよ」

ルイーズはこんなことになるとは想像もしていなかったので、不安で胃が締めつけられた。悪夢は終わらないということだろうか。思わず両手で頭を抱えたが、追い詰められた動物のように震えが止まらない。質問攻めなどまっぴらだ。ここにとどまりたい、ロンドンに。

相手がなかなか状況を理解しないので、ピエール＝イヴは少々苛立った。ここはこらえて冷静に話を進めようと思うのだが、指は言うことを聞かず、空のビヤグラスをたたいてしまう。ルイーズはまだショック状態にいるのだから、状況がのみ込めないのも仕方がない。確かに取材が殺到すると平静ではいられないし、マスコミの注目は不健全、無節操なものに陥りやすい。だが今さら逃げようがないではないか。ルイーズの人生はもう公のものになってしまったのだし、あの特異な経験を分かつことは一種の義務でもある。ルイーズの状態を見て、ピエール＝イヴはあえて金銭面の話をしなかったが、ヒロインになれば大金が転がり込むことも考えられる。そうなれば、あとは好きなように山でのんびりできる。だからそのためにもまずは勝負をするべきだ。手堅い勝負を。

「さて、食事に行きましょうか。ここは最悪だ」

ジェイミーズ・キッチンはケンタッキー・パブとはまったく違っていた。ニス塗りの木とパステルカラーの壁紙を組み合わせた感じのいいレストランで、ピエール＝イヴはロンドンに来るたびに立ち寄るという。ウェイトレスは髪を青く染めた女で、真っ白な歯を見せて笑う。片隅に観葉植物で囲まれた静かな席があり、ピエール＝イヴはそこを予約してくれていた。彼の狙いは大当たりで、ルイーズはようやくくつろぐことができた。これこそ夢見ていたものだ。暖かいところにいる、おいしいものが食べられる、近くに人がいる。行動も自由で、そうしたければ席を立つこともできるし、ドアを開けることもできるし、ほかの人と会うこともできる……。

ピエール＝イヴはルイーズの様子を見ながら慎重に会話をつないだ。まず彼女がフランスを留守にしていたあいだの芸能ニュースや社会ネタをいくつか披露した。あるスターの派手な結婚、大ヒット映画、オリンピック絡みのゴシップなど。パブでは直球を投げすぎたと反省し、今回は穏やかにいくことにした。

「だいじょうぶ、わたしがついています。取材の申し込みはわたしが全部まとめて、あなたがそのなかから気に入ったものを選べるようにしましょう。ですから安心して、今日はあなたの話を聞かせてください。じつのところ質問がありすぎて困っているんです」

ルイーズはほっとして、ピエール＝イヴのインタビューに応じることにした。この夜、もしピエール＝イヴがいつものようにもっぱら聞き役に回って相手に自由に語らせていたら、ルイーズはただもう単純に、起きたことをありのままに話していただろう。だが彼は焦っていた。記事の骨格はすでに頭のなかにできていて、あとはこの夕食の一時間半で用意した質問に答えをもらい、それでデスクに約束した八ページの記事を埋めるつもりだった。つまり、とりあえず必要なのは記事の肉と脂の部分、読者を引きつけるための具体的な断片であり、それを確実に入手することが第一優先だった。とにかく時間がなかったし、ルイーズが途中で倒れでもしたらという不安もあった。

そんなわけで、ピエール＝イヴが質問し、ルイーズが答えるというやりとりが続いた。

「船の姿が消えていたとき、どんな気持ちになりましたか？　どうやって〈四十番〉を住めるようにしたんですか？　ペンギンの味は？　オットセイの狩り方は？　リュドヴィックはいつから病気に？　なんの病気だったと思われますか？　どうやって科学調査基地を見つけたんです？今後やりたいと思っていることはありますか？……」

ルイーズは答えた。なんだかつまらない質問ばかりだと思ったが、訊かれたら答えるしかない。でもしょっちゅう話を中断して、ラムカレーと野菜のクランブルを味わった。できることなら食事に専念したかった。肉の繊維が口蓋に触れるのを感じたかったし、クランブルのつぶつぶや、香辛料や、甘辛い味つけを心行くまで堪能したかった。

それでもルイーズは少しずつ饒舌《じょうぜつ》になっていった。意外なことに、話すことで解放されるような気がした。記憶を呼び覚ますと悪夢がよみがえりそうで怖かったのだが、実際はむしろ逆だった。というのも、今ここで話しているのは自分が生きていてこそのことだから。このロンドンの居心地のいいレストランで、熱心な聞き手を前に話しているという事実こそ、自分がまだ生きている証拠なのだから。自分はあの危機を乗り越えたのだという実感が、今ようやくわいてきた。だから、リュドヴィックという名が心に刺さりさえしなければ、もうなんの問題もなかっただろう。だがその名を聞くたびにルイーズの心の底がぐらりと揺れる。今ここにいてラムとクランブルを味わっているのは自分だけで、彼はいない。それを思うとどうしても声が小さくなる。リュドヴィックの話をするときだけ、人に聞かれたくないかのように小声になったし、質問をかわすことも多かった。ピエール＝イヴも伴侶を失った悲しみを慮《おもんぱか》り、しつこく訊かなかった。

ピエール＝イヴは科学調査基地への旅についても質問しなかった。彼からすればそれはどうでもいいことだった。ルイーズも捕鯨基地から科学調査基地への旅が二回あったことを明確にしなかった。不可解で恥ずべき挿入句である最初の往復についてはなにも触れなかった。人生のその部分については、正当化する言葉はもちろん、語る言葉さえ見つからない。だからその部分はあの無人島に、人の耳に届かぬところに残しておいたほうがいいと思った。

ここは巨人の部屋だろうかとルイーズは目を丸くした。ベッドは五人くらい眠れそうだし、正面のテレビモニターは一メートル以上あり、横にあるどっしりした机は優に八人でミーティングができる。でもミーティングがしたいなら続き部屋があり、そこにまた別の机、別のテレビ、曇りガラスの巨大なローテーブル、それを囲む革のソファーがある。さらに、これまた巨大な花束がフルーツバスケットの横に鎮座していて、Ａ４サイズのカードに「ようこそお越しくださいました。一日も早いご回復をお祈り申し上げます」と、ヒルトンコンコルドの総支配人ピエール・メネジエからのメッセージが添えられていた。

ルイーズは久しぶりに笑った。この桁外れな部屋に一人でぽつんといることがおかしくて、思わず声を上げて笑ってしまった。ホテルに着いてボーイがうやうやしく荷物をお運びしますと言ったときから背中がこそばゆかった。スーツケースもなにもないので、フォークランドで買った身の回り品を詰め込んだビニール袋と、空港でもらった花束二つを預けると、ボーイはそれを整理だんすの上にご聖体でも置くようにそっと並べた。そして鈍い音を立てて扉が閉まり、防音室のような静けさが広がった。ルイーズが笑ったのはそのときだ。

ワインクーラーのなかのシャンパンのボトルに手を伸ばした。それまで一人で酒を飲んだことなどなかったが、このときは我慢できなかった。飲みたいからではなく、コルク栓の音を聞き、グラスを満たしたいからだ。なんなら飲まずに流しに空けたっていい。浪費する！　もう数えなくていい、足りないけどどうしようと考えなくていい、明日食べるものが手に入るだろうかと心配しなくていい。豊かな国に戻ったのだから。

バスルームも部屋として使えそうなほど広かった。洗面台の周りにおもちゃの兵隊のように並んだバスソルトを全部バスタブに入れ、深さ五十センチのバニラの香りの泡に身を沈めた。お湯が熱いので肌がみるみる赤くなる。ルイーズはぼんやりしたまま羊水のような液体に身をゆだねた。

頭のなかを少し整理できたら生活も立て直せると思うのだが、とりあえずは今日一日の出来事を切れ切れに思い浮かべるだけで精一杯だった。

まず、空港で形ばかりの抱擁をしてから花束を差し出したスーツ姿の男性を思い出した。ピエール＝イヴが外務次官ですよとささやいた。それから、カメラマンが笑ってくださいというので笑顔を向けたら、あ、口は閉じたままで、写真にはそのほうがいいんですと言われたことも思い出した。女性がいきなり紙とペンを差し出したのでぽかんとしていたら、ピエール＝イヴがまたしてもささやいた……サインをしてあげてください……。インタビューの直前にモニターを見たらドッグフードのコマーシャルをやっていて、それが島の〈四十番〉で食べていたどんなものよりおいしそうだったので涎が出かかった。それから不意にマイクが向けられて質問され、それに答えたと思うとまた別のマイクが向けられて質問され、というのが続いた。だがなんといっても驚いたのは、オルリー空港の貴賓室に入ったときの盛大な拍手だ。風俗習慣がまったく異なる未開の民に取り囲まれたのかと思った。だが違った。それはわずか八か月前まで自分が身を置いていた世界の人々だった。

そのあとの家族との昼食は散々だった。ラクチュ紙がほかの報道陣を締め出して、ルイーズの両親、二人の兄、兄嫁たちだけで食事ができるようにしてくれたのだが、そこは新聞社の近くの大きなブラッスリーで、騒々しく、せわしなく、ルイーズが落ち着ける場所ではなかった。周囲のざわめきと、ウェイターのせわしない行き来の合間を縫って、一家は再会を喜ぼうと努力した。もちろん空港の貴賓室では、シャッターチャンスを狙うカメラの列の前で走り寄って抱き合った。だがその直後からフランバール家は二手に分かれ、会話はぎくしゃくした。両親はこの大騒ぎが気に食わない。隣人の陰口や、肉屋やパン屋の好奇の目を恐れ、早く終わってほしいと思っている。一方二人の兄はそこまで周りの目を気にせず、かわいい「おちびちゃん」が生きていたことに胸をなでおろし、しかも突然自分たちがスポットライトを浴びたことを喜んでいる。

もっと普通の再会だったらよかったのにとルイーズは思った。普通なら、たとえ長いあいだ離れていても、愛する人々とはそれ以前の状態にすぐ戻れるものだ。ただ暗黙の了解と愛情に任せておけばいいのだから。だがルイーズと家族のあいだには以前から会話というものがあまりなく、暗黙の了解もほとんど成立していなかった。今日の家族の言葉からわかったのは、ルイーズがこんなふうに舞台の中央に立つことは「おちびちゃん」の立場をわきまえない不作法だと彼らが思っていることだ。そしてこんな騒ぎを引き起こしたことの申し開きをし、謝罪せよと言いたいようだった。

しかも彼らが聞きたがるのは遭難とサバイバルと悲劇のことだけで、あまりにも一面的だ。ルイーズは遭難以前のすばらしい旅、胸躍る貴重な体験についても話したかったが、誰も聞く耳をもたない。なかでも兄嫁の一人は絶えず最悪の場面に話を戻そうとする。美容院で話をひけらかすところが目に見えるようだった。

「そうなのよ、義妹《いもうと》ったら素手でペンギンの首を絞めて、生のまま食べたんだって……。すごくない？」

そんなふうに自分が見世物にされることに対して、ルイーズは笑うべきなのか唇を嚙むべきなのかわからない。この家族の絆からは、もはや非難だの知名度への便乗などしか出てこないのだろうか。考えてみれば、ルイーズも彼らの苦しみなどもうわからなくなっている。彼らのほうも冒険旅行についてなにも訊かないし、なにがすばらしいのかまったく理解できないらしい。ルイーズが行方不明になったので心配した、ただそれだけだ。つまり互いにわからなくなっている。それなのに、こちらを理解してくれないからと彼らを責めることができるだろうか？

そのうち父親がとうとうこう言った。

「だから言っただろう。冒険旅行などろくなもんじゃないと」

そうじゃない！　とルイーズは叫びたかった。結末はよくなかったけれど、あんなに豊かに、濃密に生きた日々はなかった。あんなに人生を謳歌したことはそれまで一度もなかった。だがそれを言えば、彼らはまさにそこを非難するだろう。どう説明しても理解してはもらえない。ルイーズはずっと家族のなかの異端児で、理解されずに育ってきた。それは今もまったく変わっていない。ルイーズはもう「おちびちゃん」ではなく、試練を経て大人になった。だが彼らはそのことに気づかないし、ルイーズのほうもどうすれば気づいてもらえるのかわからない。だからルイーズは、敗北感を嚙みしめながら、子供のころのようにうつむいて皿を見つめていた。

母親から、これからどうするつもりか、仕事にはすぐに戻れるのか、アパルトマンを貸した相手は出ていってくれるのかと訊かれたときも、ルイーズは最低限の答えですませた。そんなことは自分でもわからないし、正直なところどうでもいい。

つらいランチだったが、少なくとも一つ成果があった。自分はこれ以上家族の介入を望まないとはっきりわかったことだ。

幸いなことに午後は気楽に過ごせた。ピエール＝イヴが言っていたアリスが活動を開始し、すべてを取り仕切ってくれたからだ。アリスは髪を白っぽい金髪、服をカジュアルシックにまとめたおしゃれな女性で、エネルギッシュで社交的で笑い上戸、しかも周囲まで笑いに巻き込む。ルイーズには長年の友人のように接し、今回の大騒ぎはちょっとした冗談みたいなものだから、わたしたちが陰で糸を引いちゃえばいいのよとほのめかした。そしてさっそくヒルトンコンコルドと交渉し、ただで一週間泊まれるようにしてくれた。

「見ててごらんなさい、すごいことになるから。あなたにはそれだけの価値があるの。着るものはクーカイとザラが用意してくれるわ。あなたに合うブランドだし、衣装がないことにはどうしようもないしね。美容師とは明日会うつもり。マッサージもどう？　それともアラブ式スパがいい？　あれは疲れがとれるわよ！」

ルイーズはすべて任せた。そしてなにも要求されず、ただ提供され、ちやほやされるばかりの時間を過ごした。とはいえ、試着室を出たり入ったりする合間にアリスが電話で雑誌、ラジオ、テレビの関係者と交渉するのが聞こえると、そのたびに少し不安になった。金銭絡みの話が多かった。

「心配しないで、わたしがうまくやるから。どこでも一緒に行ってあなたが困らないようにするから。その小さいボレロが似合うわ。でも緑のセーターはだめ、顔色が悪くみえる」

そう言ってアリスは笑い、忙しく飛びまわり、それですべてがすっきり片づいていく。

そこまで振り返ったところで、ルイーズはようやくバスタブから出て分厚いバスローブをまとった。そしてベッドの上の二列の枕のあいだに倒れ込んでみた。こんな贅沢は、捕鯨基地は言うに及ばず、これまでのどんな経験とも比較にならない。そしてそれはやはり、なにがしか気持ちを静める効果をもっていた。

その一時間後、部屋にアリスとピエール＝イヴもやってきた。三人は食事を運ばせ、夕食をとりながら作戦会議を始めた。ルイーズは銀のカトラリーの重さに驚いた。

ビジネスウーマンに徹しているアリスは午後の買い物のあとで写真利用許諾契約書も作っていて、ルイーズにサインを求めた。

「圧勝間違いなし。もうほとんどの関係者を押さえたわ。今夜のテレビと明日の新聞、特に『ラクチュ』の八ページの記事でギャラも上がるわよ」

それからアリスがすでに射程に収めたメディアについて詳しい説明が続いた。駆け引き、ギャラの出ないインタビュー、出るインタビュー、その値段と、アリスは夢中でしゃべりつづける。ページ数、写真のあるなし、生か録画かといった条件で、業界の常識をことごとくはねのけて交渉に当たっているという説明もあった。

アリスが熱弁をふるうなか、ピエール＝イヴはルイーズがソファーカバーの肘掛けの部分の皺を伸ばしはじめたことに気づいた。グルノーブルの両親を訪ねたとき、ルイーズの母親も同じことをしていた。気詰まりなときの親譲りの癖らしい。ルイーズの場合は、これじゃくつろげないというサインだろう。

「ルイーズ、きみはもう有名人だ。望んだことではないとしても、そうなったからにはしょうがない。だったら受け入れて、この状況をうまく使うことを考えたほうがいい。もう十五年もジャーナリストをやってるけど、きみのような例はめったにないんだよ」

ルイーズはそんなことないでしょと言いたげに、だるそうに腕を上げた。

「もう一度言うけど、これはもうどうしようもない。きみは止められないし、逃げられもしない。なぜきみの話にインパクトがあるかっていうと、誰もがそこに自分を投影できるからだ。今の時代、誰もがすべてを失うという恐怖を抱えて生きている。地位の失墜、失業、あるいはテロに巻き込まれるとか原発事故とか、挙げたらきりがない。そしてきみは実際にすべてを失った。だがきみは闘い、生き残った。だからとてつもない影響力をもつんだ。小さいころ誰かに憧れたりしなかったか？　すごいなと思った人物が頭のなかで膨らんで、やがて背中を押してくれる存在になる。それだよ。それが今のきみの役割だ。だからみんなを失望させちゃいけない」

その理屈は的を射ていた。ルイーズに関してはピエール＝イヴの勘が最初から冴えていた。この夜も、ここで彼女の理性、ある種の利他主義に訴えたのはまさに正解で、それによって体験談を語ることに倫理的側面が付加され、自己露出的側面が弱められた。

「それにみんなだいたい同じ質問をするから、先に答えを用意しておけばいいんだ。うまくやるコツはきみが手綱を握ってしまうことさ。アリスもそこを心得ている。まずはそうやって対応していこう。さらに掘り下げて考えるのはもっとあとでいい。時間をとって本の準備をするときでいいさ。正直なところ、ぼくもみんなと同じでね、きみの身に起きたことにすっかり魅了されている」

アリスがそっとルイーズの腕をとった。

「質問をする側の人たちについてはわたしが全員熟知してるから。ピエール＝イヴみたいな変人も含めてね」と言ってアリスはしゃがれ声でちょっと笑った。「だいじょうぶ、うまくいくから」

ルイーズはこのときようやく、この二人の理解者がいれば安心だと思えた。だがピエール＝イヴが「生き残った」という言葉を使ったときから別のことが頭に引っかかり、次第に重みを増しつつあった。それは、自分には義務があるということだ。その考えが頭のなかで徐々に広がり、形を成していった。高校時代に写真部の暗室で写真が現像されるところを見たことがある。最初は漠とした染みにしか見えないものに少しずつ輪郭が現れ、やがて細部、質感、影が加わって、ある段階で突然そこに、印画紙の上に、リアルな世界ができていた。それと同じように、調査船が湾に入ってきたときからルイーズの心にあった不明瞭なものが、今ふいに形を成し、頭のなかで言葉になった。「リュドヴィックの両親に電話すること」

自分は生き残ったのだから、彼らに話をする義務がある。だがなにを話せばいいのだろう？ルイーズにはそこのところがよくわからなかった。

「朝食をおもちしました」

昨夜のシャンパンとシャブリ二杯のおかげでぐっすり眠っていたので、ドアのノックではっと目覚めたとき、ルイーズにはここがどこで、いつなのかわからなかった。数秒かけてすべてを思い出して、バスローブに飛びついた。ボーイを待たせてばつが悪かった。

昨日のサービスと同じように朝食も気取りすぎだと思ったが、かごからあふれそうな小さいペストリー、焼きたてのパン、ジャムの小瓶を見たらすぐにかぶりつきたくなった。それにしても、この巨大な刺繍のナプキンとカトラリーの数の多さはどうだろう。どうやら物の大きさ、重さ、数は富に比例するようだ。

「新聞もお届けするようにとのことでしたので、こちらに置いておきます。どうぞよい一日を。フランバールさまをお迎えできたことは当ホテルの誇りです」

ワゴンテーブルに新聞が山積みになっていて、それをひと目見てルイーズはショックを受けた。ほとんどの日刊紙が一面にルイーズの写真を載せていた。どれも昨日オルリー空港で撮られた、ぶかぶかの藤色のセーターを着た哀れな写真で、到着ロビーの蛍光灯のせいで顔の青白さと頬のこけ具合が目立っている。雑にカットした髪が両頬にかかり、顔がいっそう細長く見える。あまりにも滑稽で笑いたくなったが、喉まで出かかった笑いも見出しを見たら引っ込んだ。「地獄からの生還」「極寒の地の生存者」「ルイーズ・フランバール——死と直面して」といったものばかりだ。いくらなんでも大げさな。ある程度の誇張は予想していたが、これはやりすぎではないだろうか。ルイーズの発言に忠実なのは二紙だけで、あとはいずれも飢え、凍え、リュドヴィックの死、孤独について好き勝手に尾ひれをつけている。引用符で囲まれたところは確かに自分の言葉だが、それが悲劇を誇張する文脈のなかに置かれてしまっている。特にルイーズが腹立たしく思ったのは、自分とリュドヴィックが自然の前にまったく無力で、支配され、打ちのめされたように描かれていることだ。空港のインタビューでは二人で力を合わせて闘ったこともずいぶん話したのに、その部分は無視されていた。

ラクチュ紙の見出しは「世界の果てでどう生き延びたのか」で、ほかとは少しトーンが違うものの、ルイーズはやはり苛立った。疑い、あるいは非難に近いニュアンスが込められているように思え、生きていてはいけなかったのかと訊き返したくなる。

一瞬、ピエール＝イヴが調査基地への最初の往復のことをかぎつけたのかと思ったが、誰にも話した覚えはないので、ありえない。

第一面の写真がこれまた思いがけないもので、震えがきた。リュドヴィックと抱き合って微笑んでいる写真。五年前にエギュイユ・ド・ラ・グリエールの比較的優しいルートの出口で撮ったもので、よく覚えている。リュドヴィックをクライミングに連れていったのはそれがまだ二度目か三度目だったが、彼は見事にやってのけた。ルイーズはザイルを肩から斜め掛けにしていて、リュドヴィックは下りてきたばかりで頬を紅潮させ、額を汗で光らせ、誇らしげに拳を突き上げている。Tシャツが少しきつくて体格がよくわかる、男らしいしびれる写真。ルイーズがすごい、やったじゃないと声をかけ、その勢いで彼の腕のなかに飛び込んだところだったので、少しピントがぼけている。シャッターを押したのは永遠の山の友、サムだったと思う。なんの憂いもない、生命力とまぶしい愛情にあふれた写真で、それだけに、この人はもういないという事実を目の前に突きつけられたような気がした。

リュドヴィックが死んでから、ルイーズの頭には〈四十番〉でベッドの上に横たわったリュドヴィックだけが彼のイメージとして残っていた。そのリュドヴィックは懐かしいものではなく、愛情とは切り離された存在だった。それにルイーズは自分のことで精一杯で、生き延びるために全エネルギーを注いでいたので、感情だの愛情だのが入り込む余地はなかった。だが今、こうして安全な場所に戻ってきたことで、ルイーズの感情や愛情は権利の回復を求めていたようだ。いきなり生き生きした彼の写真を見て、ルイーズは欲望に震えてしまった。その写真のリュドヴィックを欲しいと思った。青い目、唇のふくらみ、時に力が入りすぎるたくましい腕、刺激的な魅力。と同時に、その彼がもういないという虚《むな》しさが胸のなかで大きく膨らみ、そこから腹へ、腿のあいだへと広がっていき、そのせいで自分の体が酸で蝕まれ、骸骨だけになってしまったように感じた。リュドヴィックを悼んで最初に泣いたのはあの〈四十番〉で、肉の落ちた死者を前にしてのことで、あれは無力と恥の涙だった。だが今再び泣きだしたルイーズが流すのは、絶望と喪失の涙だった。

紅茶が冷め、表面に薄い膜が張った。だだっ広い部屋のなかで、ルイーズはひとしきりすすり泣き、それがようやく途切れたときにはぐったりしていた。また眠りたかった。ここからいなくなりたい、消えてしまいたい。

一時間後にアリスがドアをノックしたとき、ルイーズはまだバスローブを羽織ったままで、目が腫れていた。アリスは散らばった新聞とほとんど手をつけていない朝食に目をやると、それだけで事情を察したのか子供をなだめるようにルイーズの肩を抱いた。

「元気を出して。気持ちはわかるわよ。わたしは三年前に弟を亡くしてね。自殺だった」

アリスのいつもの笑顔が消え、声も少し割れたが、手だけは無意識にルイーズの頭をなでつづけた。

「立ち直るなんて結局できないんだけど、でも越えることはできるみたいよ。だって、人生のほうがあなたを放っておかないから。大事なのは歩きつづけること。人と会うことや、アクティブでいることをやめちゃいけないの」

そう言ううちにアリスの声も元に戻っていった。

「あなたが強いことはもう証明済みなんだし、この悲しみだってきっと乗り越えられる。さあ、服を着ましょう。あなたもわたしも今日は大忙しよ」そしてアリスはいつものおまじないをつけ足した。「だいじょうぶ、うまくいくから」

ルイーズはアリスに言われるまま、冷たい水で顔を洗い、熱いシャワーを浴び、熱い紅茶を飲み、新しい服を着て、タクシーに乗った。

「そうそう、携帯電話を用意しといた。でもマスコミに番号を教えちゃだめ。そんなことしたらもうアウトだから」

ルイーズは〝こちら〟の暮らしに戻るのがこれほど厄介だとは想像もしていなかった。〝向こう〟にいたあいだは戻りたい、食べたい、暖まりたい、人に会いたいとそればかり考えていたのに。それとも、以前も人生は厄介だったのに、それを忘れていただけだろうか。あるいはいつのまにか人間社会を理想化していた？　一人きりだったら、ルイーズはあの調査基地の日々のような冬眠状態に戻っていただろう。だがアリスがいてはそうもいかない。なにもかも面倒を見てくれるし、一歩も離れないのだから。ついさっきアリスの心の傷を垣間見たことで、アリスを喜ばせたいと思う気持ちも生まれていた。だからルイーズは、前向きで面倒見のいいこの女性の指示に従い、励ましを受け入れた。

日々は足早に過ぎていった。オルリーに降り立ち、拍手で迎えられたのはもう三週間も前のことだが、驚いたことにそれ以来毎日どこかで拍手を受けている。そのあいだずっとアリスがそばにいて、決まり文句を唱えていた。

「だいじょうぶ、うまくいくから」

二人は相変わらず走りまわっている、テレビ局で撮影、ラジオ局で録音、合間を縫ってホテルのバーで新聞や雑誌のインタビュー。ジュネーヴやブリュッセルにも出かけていった。はじめのうちルイーズはただもう引っ張りまわされていたが、今では楽しむ余裕も出てきた。なかでもテレビの世界を面白いと思った。わずかな時間の放映のためにこれほど多くの人間が働いているとは！　スタッフはみな感じがいいし、ファーストネームで呼び合うところもいい。メイクルームでプロの腕前を見るのも楽しい。自分ではアイシャドウさえ塗らないルイーズだが、誰かにメイクしてもらえるとなれば話は別で、決して嫌な気分ではなかった。若い女性のメイク係がクレヨンやファンデーションのチューブが入った箱を引っかきまわしながら、絵を描くようにルイーズの顔にひと筆ずつ入れていく。しかも賞賛の言葉をかけてくれたり、サインを欲しがったりもする。サインにももう慣れたので、戸惑いはしない。ルイーズの名前が貼り出された楽屋にはいつも甘いものが届けられていて、もう飢えているわけでもないのについかじりついてしまう。そしてあるとき、半ば冗談で、俳優ってすてきな仕事ね、やってみたいなと言ってみた。するとアリスはいつものように大笑いしたが、そのあと真顔でこう言った。

「そうねえ、ほんとにやってみたいなら、やれなくもないわよ。試しに使ってみてくれないか、何人かディレクターに当たってみる」

アリスに不可能なことなどないようだ。

ルイーズがテレビ局で特に好きなのは、セットの周りの暗がりにいて、マイクに向かってひとり言をつぶやいているようにみえる人たちだった。スタジオの撮影は秒刻みで調整されたバレエのようなもので、誰もが待機していて、その一人ひとりがほんのちょっとした役割を決められたタイミングどおりに果たすことでパズルが出来上がっていく。人形遣いがたくさんいると言ってもいい。ルイーズはそのなかに交じって待っている時間が好きだ。

そして突然、誰かが背中を押す。

「出番です」

ルイーズは光のなかへ押し出され、拍手で迎えられる。

予定どおりの質問が投げかけられ、ルイーズもいつも同じことを答える。でも細部や表現には変化をもたせ、よさそうなものを試してみては、効果を見て置き換えたりする。繰り返し語られることでルイーズの冒険は伝説になっていった。子供のころの空想物語のように、ルイーズ自身が細部を練り上げていく伝説だ。最初は自分勝手に演出しているようで気が咎めたが、徐々に現実と物語を区別しなくなった。そこに嘘があるわけではなく、ただ改良と欠落があるだけだと思うようになった。実際に注目されてみてわかったことだが、アリスが言うとおり、大事なのは気の利いた話かどうかであって、どこまで事実に忠実かではない。そもそも誰も真実を確かめられない。それにある種の事柄は複雑かつ微妙で、わかりやすく語ることができない。クルーズ船が見えたとき、リュドヴィックと本気で取っ組み合いをしたことをどう語れというのだろう。あの得体の知れない煮込みスープをあとスプーン一杯分口にしたいがために、時には殺意さえ抱いたことを、テレビや新聞で説明してなんになるだろう。ルイーズが科学調査基地に行ってまた戻ったという事実に、いったい誰がまともな興味を示すだろう。結局のところ、この大仕事に期待されているのは人々に無害な精神安定剤を提供することでしかなく、深刻な問題を掘り下げることではない。

アリスとスタジオ巡りをした最初の日の夜、ルイーズは疲れていたのに眠れなかった。灯りを消すとすぐ、部屋が静かすぎて不安になった。いや、静けさのせいというより、アリスから手渡された携帯電話が本当の原因だ。それが手元にあることで、リュドヴィックの両親に電話をしない理由がなくなってしまった。前日オルリー空港で姿が見えなかったときには、正直なところ胸をなで下ろした。だからといってこのまま放っておいていいはずはない。訪ねていくことはできないとしても、少なくとも電話はしなければ。電話で済めば幸いだと思わなければいけない。

ルイーズはもともとリュドヴィックの両親のことが苦手で、二人の前に出るといつもどぎまぎしたものだが、それまでその理由を考えてみたことがなかった。最初に会ったときから二人はルイーズを親切にもてなしてくれたし、表向きはなんの問題もなかった。だがよく考えてみると、うちの息子はもてるから、彼女といってもあなたが何人目かわからないといった、相手を見下すような態度が透けて見えていた。その態度は時とともに和らいだものの、それでもどこか、いつまで続くことやらと様子を見ているようなところがあった。口には出さなくても、義母のエレーヌが「あなたの前にいたのはシャルロット、ファニー、サンドリーヌ、あとは名前も覚えていないわ。あなたのあとにもまた別の名前が続くんじゃないかしら」と思っているのがわかる。実際、二人ともルイーズの名を呼ぶのに微妙な間が空くことがあり、うっかり名前を間違えまいと気を遣っているのは明らかだった。

もう一つ、これもはっきり自覚したことはなかったが、ルイーズはリュドヴィックの両親に対して引け目を感じていた。教養があってモダンな両親で、そんな親をもつリュドヴィックがうらやましかったし、二家族が集まる食事のときにはつらい思いをした。ルイーズの母親は一九八〇年代の服装で完全に浮いていたし、父親のほうもスーツにネクタイで滑稽だった。それに対してエレーヌは黒のストレッチパンツにシンプルなTシャツ、バラ色のジャケットと軽快でおしゃれだったし、義父のジェフはエデンパークのラグビーシャツをラフに着こなしていた。ルイーズは無意識に自分の親の味方をし、わざわざ違いを見せつけるような服装をするリュドヴィックの両親を心のなかで責めた。

だがいちばん嫌だったのは、リュドヴィックの両親にとってもやはり自分が〝おちびちゃん〟でしかなかったことかもしれない。もちろん実家の両親の場合とは呼び方が異なり、息子の〝かわいい〟恋人、垢抜けしない〝かわいい〟婚約者といったところだが、そこには似たような意味合いが込められていた。カクテルも作れなければ、ヨットを操ったこともない〝かわいい〟ルイーズ。「あらジェフ・クーンズを知らないの？　じゃあ美術館に連れていってあげましょう」といった配慮にルイーズは傷ついた。といっても彼らの態度が皮肉っぽいとか、わざとらしいというわけではないのだから、ルイーズのほうも文句など言えない。彼らはいつも礼儀正しかった。それは要するに、ルイーズというより息子のパートナーに対する態度であり、それがルイーズだろうがほかの女性だろうが彼らにはどうでもよかったのだろう。

二人が船で旅に出ると決めたとき、エレーヌとジェフは諸手《もろて》を挙げて賛成してくれた。

「そりゃあいい。若いうちしかできないことだから、ぜひ行ってこい。なんならわれわれも南アフリカで合流するかな。あの国はいいぞ。クルーガー国立公園のロッジで過ごしたことがあるんだが、いまだに忘れられない」

リュドヴィックと同じで、彼らも人生は祭りであるべきだと考えている。言うまでもないことながら、ルイーズの両親がクルーガー国立公園でバカンスを過ごすことなどありえない。

だが、二人と連絡がとれなくなったとき、真っ先に心配したのもリュドヴィックの両親だった。ルイーズはそのことを戻ってきた日の家族とのランチの席で聞いた。旅に出てからも、リュドヴィックは両親と週に一、二度メールでやりとりしていたので、返事が来なくなってすぐにおかしいと思ったそうだ。そこで彼らは考えつくかぎりの関係機関に連絡して助けを求めた。警察、外務省、海上捜索救助機関、アルゼンチンとチリと南アフリカの領事館、セーリング雑誌、旅行家のウェブサイト等々。さらに、ウシュアイアからケープタウンのあいだの海域について、そこを通るヨットが通常どういうルートをとるかを調べ、乗り手も探し出して膨大なやりとりをした。また伝《つて》を頼って大洋航海のウェザールーティングの第一人者とも連絡をとり、問題の海域で過去半年に発生した嵐について調べてもらった。だがなんの手掛かりも得られなかった。一人息子は忽然《こつぜん》と姿を消していた。

彼らのリビングのテーブルはもはやカクテルが並ぶ社交の場ではなく、軍の司令部の作戦テーブルのようになり、地図、通信記録、漂流予測図などで埋め尽くされた。「それで、エレーヌは飲むようになってね……」とルイーズの母親が言った。エレーヌとは時々電話でやりとりしていたそうだ。

そうした話を全部聞いたにもかかわらず、ルイーズはなかなか電話できなかった。アリスとともに動きまわったその日、一日中なんのかんのと理由をつけては電話するタイミングを遅らせた。この場所はうるさいから、今時間がないから、タクシーの運転手に聞かれたくないから、夕食のために急いで着替えなきゃならないから、そして、もう時間が遅いから……。だが結局眠れなくなり、早く朝にならないかと待ちあぐねることになった。もう言い訳は許されない。明日朝一番で電話しよう。今度こそ電話しようと思った。それは土曜の昼に学校から戻ったとき、まず家の手伝いを片づけてしまおうと思うのと少し似ていた。そうしないとそのあとずるずるして週末が台無しになってしまうからだ。そう、ちゃんと電話をして、話をして、けりをつけよう。

呼び出し音が一回鳴っただけでエレーヌが出た。ルイーズの記憶にあるよりずっと硬い、そっけない声だった。

「ルイーズです」

「まあ、かわいいルイーズ、空港に着いたところをテレビで見たわ」

〝かわいい〟がついて、まずい出だしだった。そこには明らかに、なぜもっと早く連絡してこないのという非難が込められていた。もちろんルイーズは我慢した。愛する息子を失った悲しみを克服できる母親などどこにもいない。

「ごめんなさい、エレーヌ。この二日間振りまわされていて。でもあなた方のことばかり考えていました」

それは本当だ。二人のことが頭から離れなかった。だがそれは、周囲の誰にも明かしていないあのことを、リュドヴィックの両親に言うべきかどうかでずっと悩んでいたからだった。

「ルイーズ、全部聞かせてちょうだい、お願い。いずれ葬儀でも会えるけど、今すぐ知りたいのよ」

葬儀！　そうだった、回収された遺体は本国へ送還されますとフォークランドで言われたのにすっかり忘れていた。考えずにすむように自分で思考回路を切っていた。遺体……ネズミ……。吐き気がこみ上げ、ささやくような声しか出せなかった。

「戻ってくるんですか？」

「ええ、いつかはまだわからないけど。手続きがややこしいらしくて。でも戻ってくる。それだけは確かよ」

エレーヌの声には悲壮な決意のような響きがあった。

そこでルイーズは、嵐で船を失ったことから始めて、生き延びるために二人がどうやって闘ったかを全部話した。でも一つだけ嘘をついた。最初の科学調査基地への往復を端折った。真実を伝えたところでリュドヴィックが戻ってくるわけではない。それに、真実を伝えれば、エレーヌは別の可能性もあったかもしれないと考えはじめ、余計に苦しむことになる。ルイーズが一人で出ていくと決めたあの夜、リュドヴィックは心のなかが壊れてしまっていて、ほぼ死んだようなものだった。だがそれは母親には聞くに堪えないことだろうし、言っても受け入れないだろう。

電話でのやりとりは四十五分ほど続き、双方の嗚咽《おえつ》で何度か中断された。どちらもリュドヴィックを失って泣き、自分が苦しくて泣き、ある種の無垢が終わったことに泣いた。

ルイーズは最後に、ええ、もちろんです、葬儀の日取りが決まったらすぐに知らせてくださいと言って電話を切った。

だが本当は、今この世の誰よりも会いたくないのが義理の両親だった。

ルイーズは生活を立て直すという大問題にもさっそく直面した。人間社会で暮らすのがこれほど複雑なことだとは、以前は考えもしなかった。帰国したときの持ち物はとりあえずの着替えと小さい化粧ポーチ程度だったので、改めて身分証と銀行のカードを発行してもらい、パソコンと自分の携帯電話を買うところから始めなければならなかった。ヨット保険にはもちろん加入していたが、遭難場所が上陸禁止の島の近くだったことを理由に保険会社が支払いを拒んでいるので、その問題にも対処しなければならない。だが報道で顔と名前が知られているのが幸いし、役所でも銀行でも前向きに対応してもらえるのは心強かった。十五区のアパルトマンを借りていた友人はすぐに出ると言ってくれたが、リュドヴィックとの思い出が詰まったところに一人で戻る勇気がなく、断った。かといって独身時代のように部屋探しをする気にもなれず、ヒルトンコンコルドに一週間滞在したあとは、パリ南西のモンルージュにある質素なホテルに身を落ち着けた。

パリ十五区の税務署ではルイーズの無事を祝ってちょっとした歓迎式典が開かれ、署長が心温まるスピーチをし、同僚たちが歓呼して迎え、「パリ生活再出発キット」と称してバッグ、帽子、手袋、傘などをプレゼントしてくれた。ルイーズの長期休暇はすでに期限が切れていたので、行政上はすでに職員名簿から抹消されている。だがこの件はすでに上層部に回されていて、特例が認められるはずだと言われた。それはありがたいことだが、ルイーズはなんとなくうまくいかないような気がしたし、アパルトマンと同様、前の仕事に戻りたいという気持ちが強いわけでもない。夕方税務署を出ても、もう〈四十番〉に戻ることはないし、そこでリュドヴィックの鍵の音を待つこともないし、そのあとバッグをとって一緒に夕食に出かけることもないと思っただけで胸に穴があいて涙が出る。そうした虚しさはヒルトンコンコルドでの初日にも感じたが、その後も繰り返しルイーズを苦しめていた。

こんなふうにどこでもおおむね温かく迎えられ、不愉快な思いをすることはなかったが、十五区の警察署に呼び出されたときだけは別だった。

「事情を聴きたいので署へお越しください。おわかりですね？　人が一人亡くなっていますから」

それはわかるが、行ってみたらなんのことはない、要するに有名人の顔を見たいだけで、署内の警察官がなにかしら理由をつけて入れ代わり立ち代わり部屋をのぞきにきて、肝心の事情聴取はおざなりもいいところだった。警視正は自分がすべて任されていると言いたげに、質問しては答えを耳打ちし、ちょっと進んだと思うとすぐにコーヒーを勧める。そんな調子だったので、ルイーズは自分がなににサインしたのかよく覚えていないし、書類の控えは警察署を出てから破り捨てた。

アリスと飛びまわっていないときは、ルイーズは本の準備をするピエール＝イヴにつき合った。ピエール＝イヴはルイーズと一緒にホテルの部屋に閉じこもり、コーヒーとミネラルウォーターを運ばせて仕事に集中した。ヒルトンコンコルドから一気にグレードダウンした狭い部屋なので、ルイーズはベッドの上で枕を背あてにし、両膝を抱くお決まりのポーズで話をする。ピエール＝イヴのほうは唯一の椅子をベッドのそばに置いて座り、細かい碁盤縞のノートにメモをとる。大いに活躍したのは業務用のオーディオレコーダーで、ピエール＝イヴがかなり前から持ち歩いている年季の入ったPCMだ。そして版元に交渉して出してもらった前金で女子大生を一人雇い、テープ起こしをしてもらった。ルイーズの言葉そのものはテープに任せ、ピエール＝イヴは話を聞きながら思いついたことを書き留めていく。たとえば新たに浮かんだ質問や、手に入れたい写真や資料、会っておくべき人物、そしていちばん肝心な本の軸となる主題。主題が重要なのは、この本をただの冒険物語で終わらせたくないからだ。ルイーズとリュドヴィックの話には読者一人ひとりの心に訴えかけるなにかがあると、ピエール＝イヴは最初から感じていた。そしてそれは、高度に発達していながら誰もが転落と窮乏の危険にさらされている現代社会において、その実態を映し出す鏡の役割を果たすからではないかと思いつつある。昨今再浮上してきたある種の自然回帰説に通じるところもあるだろう。ノートの最初のページには特に重要な点を書いた。

――突然、孤立する。

――なんでもある社会からなにもない場所へ。

――地球規模のコミュニケーションが可能な時代に、そこから切り離される。

――敵対的な自然に立ち向かう。

――遠い祖先の勘や知恵を学び直す。

これらは自分がルイーズの立場だったらと考えたときに、とりわけ戸惑うだろうと思う点でもある。

ピエール＝イヴはルイーズとリュドヴィックの子供時代、教育、環境、性格のあぶり出しにも時間をかけ、次いで二人が旅に出ようと思った理由、準備、旅の経過へと進んでいった。そのすべてを本に取り入れようと思ってのことではなく、二人を理解するのにどうしても必要だからだ。

さらに興味があるのは、世界から見放された二人がどういう関係に置かれたかという点だった。遭難事例の文献にざっと目を通してわかったことだが、孤立した小グループにおいてはグループ内の雰囲気や、そこで生じる序列や結束が生存の鍵になることが多い。だとしたら、社会のあらゆる座標から切り離された場所で、グループ内の人間はどのようにして天使に、あるいは悪魔になるのだろうか。精神がゆがんだり崩壊したりするとしたら、どのようにしてそうなっていくのだろうか。ピエール＝イヴはそこのところをルイーズと掘り下げてみたかった。

ルイーズとリュドヴィックが見た夢は、今多くの人が見ている夢でもある。重苦しくせわしないこの社会から逃げたい、汚染された大都市から逃げたい、大海原に出て自由を満喫したい、自然を再発見し、本来の人間関係を取り戻したい、そう思っている人は無数にいる。ところが、そんな夢が突然悪夢に変わるという実例が、今人々の目の前に突きつけられた。だからピエール＝イヴは、それが二人のせいなのかどうかを知りたいと思う。いや誰もが知りたいはずだ。二人がいけなかったのか。二人になにか落ち度があったのか。二人の生い立ちからして、そもそも手が届く夢ではなかったのか。それとも豊かな社会が二人から生存に不可欠な本能を奪っていたからだろうか。

ピエール＝イヴは物は試しで、しばらく無人島で暮らしてみようかとまで考えた。だがルイーズの苦しみを見て思いとどまった。

一方ルイーズは、当初告白として始まったものが治療に変わりつつあることに驚いていた。それは生まれて初めて自分が出来事の中心に置かれ、端役ではなく主役になっているからかもしれない。これまで本当の意味でルイーズに興味をもってくれたのはリュドヴィックだけだったが、今は違う。もちろんメディアを介してルイーズに集まる注目は、肯定的とはいえ表面的で、そこに描かれた自分は虚像にすぎない。だが、カウンセリングルームのような味気ないこの部屋でピエール＝イヴと向き合うときは、自分が存在していると感じることができるし、巻物のように広げられていく自分の人生を一望に収めることもできる。あの冒険に意味など見いだすことはできないものの、少なくともパズルのピースがどう並んでどうつながってあの島にたどりついたのか、その構図のようなものは見えてきた。

そんなルイーズをピエール＝イヴは注意深く観察し、ふと声色が変わる瞬間を見逃さず、そのときの内容をメモする。アーネスト・シャクルトン号に電話したときから変わらないやり方で、そうした内容には微妙な問題が絡んでいるはずだから、あとでまた取り上げようと思っている。だが性急に問い詰めるつもりはない。散々な目にあったルイーズを、これ以上追い詰めたり傷つけたりしたくはない。

　一度など、厚かましくも、もしルイーズと恋に落ちたらと考えてみたこともある。実際、ピエール＝イヴは時々彼女の姿に胸を打たれる。ベッドの上に縮こまっているはかなげな姿。ぼんやりした緑の目。十一月の陽光が引き立てる黒髪に縁どられた白い肌。だが……やはり違う。妹のようにしか思えない。抱きしめてやりたいと思うのは、リュドヴィックを失ったことが取り返しのつかないことだとわかるだけに、その悲しみを少しでもなぐさめてやりたいからだ。そして、ゴールデンアワーの番組で視聴者が飽きたとたんに、彼女を放り出すに違いないこの厳しい現実世界から守ってやりたいからにすぎない。画家がモデルに惚れて、その相手を美化していくことがあるが、ピエール＝イヴはそうではなく、とにかくルイーズを分析したかった。八か月に及んだ悲劇を精査し、まだ見えぬ真実を引っぱり出したかった。

　ルイーズもピエール＝イヴに対してはテレビ局で話さないことまで打ち明けることができた。リュドヴィックとのちょっとした諍《いさか》いはもちろん、クルーズ船が見えたときの深刻な対立についても話せたし、その正反対のこともたくさん話した。二人が同じように感じたことや、二人のあいだの連帯感、暗黙の了解。要するに、あの島でも普通のカップルとして生きたということをわかってもらいたかった。あの状況のせいでなにかが変わったというより、それまでと同じようにいい時もあれば悪い時もあり、あの状況でも普通に寄り添って生きたのだと。それでも、科学調査基地への最初の往復のことだけはほのめかすことさえできなかった。ピエール＝イヴのほうも、リュドヴィックが死んだあと捕鯨基地を出る場面にさしかかるとルイーズが両手をもみ合わせるので、なにかありそうだとは感じたが、やはりパートナーの死を思い出すのがつらいのだろうとしか思わなった。それで理屈も通っていた。リュドヴィックが死んだことであえて〈四十番〉にとどまる理由がなくなり、ルイーズは危険を承知で賭けに出る。そして幸いなことに科学調査基地を見つける。その流れに不自然なところはない。だがそうは思いながらも、このあたりについてはあとでまた訊くこととノートにメモした自分が不思議ではあった。

ルイーズはルイーズで、信頼するピエール＝イヴにさえ言えずにいるのはなぜなのか、自分でもわからずにいた。最初の往復のことを考えようと思っただけで強い羞恥心がこみ上げ、脳が麻痺してしまう。自分は愛する人を裏切り、子供のころの正義のヒロインの夢を裏切り、人間性そのものを裏切ったのだとはっきり言うべきではないだろうか。だが、最初に言うならともかく、その点を伏せて全体を語ってきた今となっては、どうやり直したらいいのかわからない。今さら明かせば悲惨な結果を招くだろう。帰国以来、ルイーズは人々の同情を糧として生きてきたし、それが生活再建の支えにもなっている。ヒロインに祭り上げられたことで、今ルイーズの前にいくつもの扉が開かれようとしている。だがヒロインに間違いは許されない。ヒロインはいつでも清廉潔白、完全無欠でなければならない。そこにたった一つのエピソードをつけ加えるだけで、すべてが揺らぎ、疑いの種をまき散らすことになる。

時には空白の部分を勝手に想像して、自分は悪くないと思い込もうとすることもあった。実際なにがどうだったのか完全にわかっているわけじゃないんだしと。そもそも〈四十番〉に戻る前に科学調査基地にどれくらいいたのかさえわからない。ルイーズは日にちを数えていなかったし、それほど長くはなかったのかもしれない。それに、リュドヴィックの両脚にあったあの青あざ。あれは彼が一人でなにか軽率な行動をとってできたものではないだろうか。だとしたら彼にも落ち度があるのでは？

ルイーズとピエール＝イヴは、今日はもう十分仕事をしたと思えばそこで切り上げ、一緒にビールを飲みに出かける。カフェではエスプレッソマシンの音やソーサーを積み重ねる音に耳が喜び、曇りガラスで和らげられた都会の風景を目が楽しみ、濡れたコートのにおいに鼻が喜ぶ。そういうとき、ああ、こういう楽しみのある暮らしがいいなあとルイーズは思う。ビールを挟んで向き合う二人は、仕事帰りのごく普通のカップルに見えるだろう。

要するに、ルイーズは普通に戻りたい、それだけのことだった。だが〝ヒロイン〟と〝普通〟は決して相いれない。

とうとうエレーヌから電話が来た。もう来ないのではないかと思いはじめた矢先だった。ルイーズにとっては来ないほうがよかったし、リュドヴィックが戻ってこず、フォークランドで埋葬されたほうがよかった。スタンリーでストックの花に囲まれた小さい墓地を見かけたが、ああいうところに入るのだろうかと漠然と想像していた。だが行政のもつれはほどけ、ややこしい手続きも終わったらしい。

「埋葬は木曜日に決まったわ。十時に家で会いましょう。案内を出す人たちのリストも送ったから、見てちょうだい。なんだか増えちゃって、百人くらいになりそうよ。でもまだ抜けている人がいるかもしれないから、気づいたらリストに追加して。あなたたちの友人を全員知っているわけじゃないから」

エレーヌの声は単調だった。その言い方はルイーズが呼びたい人間などどうでもいいと思っているようにも聞こえた。埋葬されるのはあくまでもうちの息子で、あなたの連れ合いじゃないのと言いたいのかもしれない。いずれにせよ、ルイーズは葬儀にあれこれ口を出す気はなかった。

木曜日はよく晴れて、墓地も陰気な雰囲気ではなかった。初冬の日差しに花崗岩の敷石が輝き、緑のなかにいるのを久しぶりに喜ぶことができた。あの島を離れてからというもの、自然を思い出させるものをできるかぎり避けていたからだ。ピエール＝イヴに誘われたモンスーリ公園の散歩さえ断ったほどで、一人でいられる時間はずっとホテルの部屋にこもり、テレビの前で寝転んでいた。風も、雨も、肌で感じたいと思わず、特に寒さはまっぴらごめんだった。

参列者は多く、親しかった人からそうでもなかった人まで大勢集まっていた。リュドヴィックのクラスメートだったという人たちはルイーズと初対面で、自己紹介してくれた。元カノたちもずらりと顔を揃えている。フィルとブノワとサムはアルプスから駆けつけてくれた。そして二つの家族、ピエール＝イヴ、アリス……。太陽の助けもあって、埋葬とはいえ半ば社交の場という雰囲気になった。泣きはらした目でかたく抱き合う人々もいれば、誰かを見つけて声を上げ、走り寄ってさっそく思い出話に花を咲かせるグループもいる。

ルイーズもそうした光景を眺めているあいだは元気でいられた。だが棺を見た瞬間、気を失いかけた。なかのものをリアルに想像できるのはルイーズだけだ。ここにいる人々が知るあのたくましい男性の肉体ではない。それに似たものでさえなく、ほど遠いもの、おそらくはぐちゃぐちゃした断片のようなものでしかない。不意にネズミの群れを思い出した。二人がジェームズ湾で初めて捕ってきたペンギンを食い荒らしたネズミ。あの朝最後に顔を出した一匹のように、粘液と血液でてらてらした黒いネズミが棺から走り出たような気がして、ルイーズは思わず飛び上がった。空輸のために棺は厳重に封印されていて、ジェフとエレーヌでさえ開けることは許されなかった。

棺を土のなかに下ろすとき、ルイーズは安堵とともにこう考えている自分に気づいた。「わたしの秘密を、彼が墓にもっていく」

すべて終わった。これでリュドヴィックは安らかに眠る。慣用句を信じるなら、自分も安らぎを見いだせるはずだ。

葬儀はあっという間だった。リュドヴィックの両親は徹底した無神論者なので、典礼をいっさい望まず、その代わり参列者とともにひと時リュドヴィックの思い出を語り合いたいと、埋葬後に自宅に招くことにしていた。参列者のほうもそのために準備をし、詩、逸話、彼が好きだった歌を録音したもの、思い出の写真などをもってきていた。

だがその集まりはルイーズには耐えがたいものとなり、やはり自分には安らぎなどやってこないのだと思い知らされた。リュドヴィックの思い出が一つ披露されるたびに苦しくて、涙が止まらなくなり、披露する側もやめたほうがいいのかと戸惑いを見せたほどだ。山ほどの友情と愛情、数々の優しい心遣いに、ルイーズはなぐさめられるどころか打ちのめされた。言葉が一つ発せられるごとにじわじわと苦悩の淵へ追い詰められた。自分は嘘をついている、この人たちを裏切っているという思いで頭がいっぱいになり、爆発しそうだ。リュドヴィックをこの手にかけていたとしても、これ以上苦しくはないだろうとさえ思った。

その取り乱しようがひどかったので、今や保護者同然のアリスとピエール＝イヴは心配し、二人で相談してルイーズをその場から連れ出すことにした。

「ご両親にも、山の仲間だのなんだのにも申し訳ないけど、このままここにいたら明日には病院行きになっちゃうわよ」とアリスがきっぱり言った。「うちでお茶でも飲んで、気分を変えましょ」

十九区のアリスのアパルトマンはしゃれていた。それほど広くはないが、フリーランスという不安定な立場にはこのほうがいいのだろう。なかに入ってまず驚くのは奇妙なオブジェであふれかえっていることで、集めはじめたばかりという大小のフクロウの置物、民族衣装を着た人形の列、アフリカの仮面、絵画などが並び、写真もあちこちに留めてある。しかも家具や棚が山ほどあるので壁はほとんど見えない。だがそのすべてが住人のバイタリティーを物語っている。アリスはルイーズの気晴らしにちょうどいいとばかり、オブジェを一つずつ指さしてはどこでどうやって手に入れたか話しはじめた。ピエール＝イヴはこの調子じゃ一週間以上かかるんじゃないかと思ったが、ルイーズの泣きはらした顔を見たら自分も黙っていられなくなり、気分転換になりそうな話を次から次へと披露した。駆け出しのころの失敗談、同僚の悪癖、文化欄担当の赤毛のマリオンが引き起こした騒動。

アリスがいれてくれたジャスミンティーは香り高く、ラデュレのマカロンも絶品だった。しかもこの場所はアントニーの物悲しい冬の夕暮れからも、あの埋め戻された土からも離れている。午後遅くのお茶のひと時は心和むものになると約束されたようなものだった。ところが……。

「あれは嘘」

会話が途切れたところでルイーズがぼそりと言った。気まずい沈黙が流れ、アリスとピエール＝イヴはとりあえずなにも聞こえなかったふりをしたが、ルイーズは続けた。

「あれは嘘。わたしみんなに嘘をついた。ああいうふうだったわけじゃないの」

大人に話を聞いてほしくて必死になる子供のように、ルイーズの声は甲高くなっていった。アリスは嫌な予感がして、ティーカップを持ち上げた手を止め、ちょっと顔をしかめた。先に立ち直ったのはピエール＝イヴだったが、記者の本能が騒ぎ、危うくノートとペンを取り出すところだった。

「なんだ？　嘘をついたっていつ、どこの部分で？」

ルイーズは二人の目を見るのが怖くて下を向いた。せっかく親しくなれたのに、この二人からも憎まれると思うとつらかった。だがもう黙っていられない。一人で秘密を抱える力がない。今ルイーズは帰国以来支えつづけてくれた二人と一緒にいるのだから、ほかのどこよりも安心できるはずだった。リュドヴィックの葬儀も終え、苦しみのもとはなくなったはずだった。ところがどういうわけか、不安が消えたことで現実を見つめざるをえなくなり、重荷を一人で背負っているかぎり苦しいままだと気づいてしまった。

昔学校で、「その目は墓のなかにいて、カインを見ていた」とユーゴーの詩を朗読したのを思い出した。

その目はルイーズをどこまでも追いかけてくる。あのぼろぼろのシートから出ていた目。何か月も前に光を失ったはずのその目がまだ追いかけてくる。そして疲れ果てた顔。こちらを見て驚くと同時にほっとしたようにみえたあの顔を、その言いようのない悲しみの色を、ルイーズは忘れることができない。あのときリュドヴィックの意識を占めていたのが死の恐怖なのか裏切りの衝撃なのか、ルイーズには知りようがない。そして、ルイーズはもうこれ以上その目と一人で向き合うことができない。

だからすべてを打ち明けた。説明できないことを無理に説明しようとはしなかったが、とにかく言葉を次々吐き出して、あるがままの事実を全部並べた。

そのあとの長い沈黙は、アリスとピエール＝イヴが話の続きを待っているからなのか、それともすっかり考え込んで、日が暮れていくのを見つめることしかできないからなのかわからなかった。

今回はアリスが先に反応し、立ち上がり、ルイーズのそばにきて座り、いつものように肩に腕を回した。

「そのことでずっと苦しんでたの？　でも、あなたはよくやったじゃない」

アリスは数秒置き、言葉がルイーズの心に落ちるのを待った。

「本当によくやったわ。最初から最後までちゃんとやるべきことをやった。今の話はあなたがこれまで話してきたこととどこも矛盾していない。彼はある時点で闘いをやめたのよ。そしてそのときから病気になった。あなたが離れようが離れまいが、彼の運命はもうそこで決まってしまった。こんな言い方は酷かもしれないけど、あなたにはどうにもできないことだった」

そして大きく息を吸い、また続けた。

「弟が自殺したことは前に言ったわよね。でもそれは突然というわけじゃなかったの。職場でひどい嫌がらせを受けたのがきっかけではあったけど、自殺したのは何年もあとのことだった。そのあいだ弟はもう生きているとは言えない状態でね、闘うことさえできなかった。母も兄もわたしもやれることはすべてやったのよ。バカンスに連れ出し、治療に付き添い、友人を紹介した。数週間弟の家に泊まり込んだこともあって、毎日気をまぎらせようとしたり、話をしたり、懇願したりした。でも、結局どうにもならなかった。リュドヴィックも同じじゃないかしら。あなたはなすべきことをしたのよ。あなた自身を救ったんだから」

ピエール＝イヴのほうは驚きと興奮で半ば呆然としていた。最初からなにかあると感じ、ずっと探しつづけてきた要素、それがこれだったのかと今ようやく腑に落ちた。生との根源的な対峙《たいじ》。すべての規範やルールを超え、本人の感情さえ超えたところで人を行動へと押し出すものがそこにある。ルイーズのこの告白こそ本の核心部分になる。そうだ、この要素があってこそ話に普遍性が生まれるのだと心のなかで膝を打った。

アリスとピエール＝イヴが見守るなか、ルイーズは泣き崩れた。ソファーで胎児のように身を丸め、体を震わせて泣いている。アリスの言葉が理解できたのか、耳に届いたのかすらわからない。呼吸もできなくなるほど激しくしゃくり上げ、唸るように泣いては息を詰まらせる。喉が狭すぎて、恐怖と自己嫌悪で突然体内に生じた圧力をうまく逃がすことができないかのように。二人はどうしたものやらと顔を見合わせ、アリスがまた肩を抱いて「ほらほら、さあ、落ち着いて」と声をかけてみたが、効き目はない。

ピエール＝イヴが見かねてささやいた。

「なあ、眠らせてやろう。それしかないぞ。ホテルに戻るのは無理だし、今夜はここに泊めてやってくれ。睡眠薬あるか？　かわいそうに、ずっと一人で抱え込んでいたんだな」

その晩アリスはルイーズにベッドを譲り、自分はソファーで寝ることにした。服を脱がせて寝かせたとき、ルイーズはもう人形のようで、ぐったりしたまま眠りについた。薬の助けもあるが、なんといっても神経が衰弱したからだ。明日朝一番で精神科医のヴァレールに電話しようとアリスは思った。以前も顧客がパニックに陥ったときに助けてもらったことがある。


翌朝ルイーズが目を覚ましたのは十時近くのことだった。顔がむくんでぼうっとした状態で、アリスに言われるままアスピリンを二錠とたっぷりのコーヒーをのみ、それからクロワッサンを少しかじった。そこへピエール＝イヴが花を抱えてやってきた。ロンドンで初めて会ったときと同じ千鳥格子のジャケットを着ていたので、ルイーズははっとし、ようやく現実に引き戻された。しばらくはピエール＝イヴがもってきたポインセチアの色のこととか、今日の天気は最悪といった当たり障りのない会話が続いた。ピエール＝イヴもアリスも昨日の告白のことで頭がいっぱいだったが、またルイーズが泣き出す恐れもあるので、遠回しにほのめかすことしかできない。

やがてアリスが様子を見ながら切り出した。

「ルイーズ、気分はどう？　今朝知人のヴァレール先生に電話しといた。精神科医で、とってもいい人。いつでもあなたの相談にのってくれるそうよ。それともプロヴァンスにでも行く？　リュベロンに家をもってる友人がいて、鍵を貸してもいいって言ってるけど」

ルイーズはため息をついた、アリスはそれを同意と解釈し、先を続けた。

「あのね、昨日言ったことをもう一度言っておくけど。あなたの行動は正しかったの。分別のある人なら誰でもあなたのように……」

だがそれをピエール＝イヴが遮り、チャンスに飛びついた。

「リュベロンか、そいつはいいや。一緒に行くよ。そしたら三人でじっくり本を最初からやり直せる」

ピエール＝イヴは昨夜遅くまでメモを見直して納得し、かつてない興奮を覚えていた。ルイーズの科学調査基地への往復こそこの本のピーク、登山でいう「難所」だということはもはや明らかで、これまで気になったポイントはすべてそこにつながっていた。世界から見捨てられた無力な女性の頭のなかで、いったいどういう葛藤があったのか、今なら説明できそうだ。片方に愛と人間性、もう片方に生存本能。

「本のことで悩ませないで。今ルイーズに必要なのは休むことと、忘れることでしょ？」

このアリスの指摘には妥協もやむをえない。

「ああ、わかってる。のんびり散策でもしようじゃないか。ルールマランかゴルド、ボニューでもいいな。いいレストランを知ってるし、この季節なら空いてるから静かなもんだ。心配性のお母さん、娘さんをうんざりさせたりはいたしません。とはいえ、原稿はあと一か月で仕上げなきゃならない。タイミングを逃すわけにはいかないし、全体的に見直すからぐずぐずしてはいられない。もちろん書くのはぼくだけど、もう少しだけルイーズに協力してほしい。まだ訊きたいことがあるからね。それに、どう発表するかも三人で話し合いたい」

「発表？　なんの？」

「もちろん、いつどうやって真実を公にするかだ。本の刊行より前のほうがよくないか？」

「真実を公にする？」アリスが目をつり上げた。「ちょっと検事さん、ここをどこだと思ってるの。大審裁判所？　ルイーズが話してくれたのはわたしたちを信頼してるからで、大声で触れまわるためじゃないわよ」

「かもしれないが、聞いたからには無視できない。本にはそのことを書くべきだ」

ピエール＝イヴにとってはあまりにも当然のことだったので、アリスが突然食ってかかってきたのに面食らった。

「本なんかどうでもいい！」

アリスは飛びかからんばかりの勢いで立ち上がった。これにはルイーズも驚いた。いつも笑みを絶やさず、リラックスしているアリスしか見たことがなかったので、目をらんらんと輝かせて顔を赤くしたアリスを見てルイーズはうろたえた。

「まさか本気じゃないでしょうね。なんの権利があってそんなこと。しゃべったらどうなるかわかってるでしょ？　ルイーズの背中にナイフを突き立てるつもり？　マスコミがどう動くか知ってるくせに。あなたもその世界で生きてるし、わたしもそうなんだから。毎日のように見てるじゃない、秘密があったとわかったら、連中がどんなふうに煽《あお》り立てるか！」

「そうはいってても秘密っていうのはどのみち漏れるんだぜ」とピエール＝イヴは反撃に出た。「ルイーズは昨日はぼくらだけに話してくれたが、いずれまた誰かに話すことになるかもしれない。でもぼくらなら事を荒立てないようにできるだろ？　今ならぼくらしか知らないから、思うように動ける。そこを利用するんだ」

「事を荒立てないように？　わたしのことばかにしてる？　言ったら最後、大騒ぎになるに決まってるじゃない！　これまで拍手を惜しまなかった分、今度は徹底してこき下ろす。それも陰湿に。今まで騙《だま》され、操られていたと思うでしょうから。ルイーズは針の筵《むしろ》に座らされる。連中はリュドヴィックの両親も巻き込んで、ルイーズを〝救助懈怠《けたい》罪〟で法廷に引きずり出そうとするわよ。そうしたいの？　ちょっとルイーズ、なにか言ってやって！」

ルイーズはなにも言えなかった。クッションの合間に縮こまって二人のやりとりを聞いていた。昨日とうとうすべてを告白して肩の荷が下りたような気がしたのに、一夜明けたらもう別の奈落が口を開けている。自分はやはり報いを受けるのだろうか。アリスの必死の援護もなぐさめにならない。それにしても、本当に誰もが自分を責め立てるのだろうか。あの好意的な司会者も？　同情していろいろ骨を折ってくれた人たちも？　街の親切なパン屋も？　雑誌の表紙を飾る文字が浮かんだ。「裏切り者」「大ぼら吹き」「とんだ食わせ者」。そしておどおどした目つきの、いかにも卑怯者といった顔写真がデカデカと載るだろう。まさかこんな大事になるとは思ってもみなかった。自分の立場がこれほどもろいとは考えもしなかった。運命はすでに自分の手を離れ、この二人の手にゆだねられている。どちらも友人だが、今やその二人が自分のせいで言い争っている。それを思うとなにも言えない。だからルイーズは黙ったまま、一生懸命ソファーカバーの皺を伸ばしていた。

アリスのほうもそれに気づいて哀れに思い、ここは落ち着かなければと深呼吸した。自分もピエール＝イヴとけんかなどしたくない。彼のことは尊敬しているし、この仕事をくれたのも彼だ。そこで戦略を変えることにした。

「ねえ、聞いて。このひと月あなたの本のために広報活動してきたでしょう？　フランス語と英語の媒体はもう全部押さえてる。『テレラマ』から『ヴォアシ』まで。フランス・キュルチュールからBFMまで。だから言えるんだけど、今やルイーズは本物のヒロインなの。誰もが彼女を知ってる。誰もが彼女を愛してる。次のレジオンドヌール勲章の候補になってもおかしくないくらい。彼女は闘い、すごいことをやってのけた。もし彼女の立場に置かれたら、あなたもわたしもその四分の一もできないと思う。でしょう？　それなのに、あなたはそれを全部ぶち壊したいの？　たった一つ黙っていたことがあるだけで？　そもそもその一つで話の土台が変わるわけじゃないのに？　しかもその一つをここで公表したら、言うまでもないけど、よき市民と呼ばれる人々が、ルイーズが飢えてたときにテレビの前でのんびりしていたあの人たちが、勝手に注釈を加えたり裁いたりする権利を手にしてしまう。そうなったら最悪よ。だってあの人たちには理解できないもの。そして欲求不満の人たちがツイッターやフェイスブックで続々と意見を述べはじめる。大勢に好かれている人の足を引っ張るのは気分がいいしね」

アリスは声を張り上げないように我慢し、いつも仕事で使う軽妙な口調を取り戻そうとした。

「ルイーズは来週ミロモンと会う予定があってね、ちょっとしたテストなんだけど、それがうまくいったらなにかの端役がもらえるかもしれない。ルイーズならやれるとわたしは思ってる。そしたらあなたの本が出たところで、ミロモンに映画化の話をもちかけることもできると思うの。どう？　ただし、ルイーズが裏切り者と呼ばれるようになっていたら、映画化なんてありえない。わかるわよね？」

だがピエール＝イヴはそういうふうには考えなかった。「裏切り者」なんてただの言葉だ。それより現実と向き合うことにこそ意味があると思う。

「どうやら」とあえて落ち着いた声で言った。「波長が合わないようだな。ぼくはきみとは逆で、ルイーズがぼくらに打ち明けたことはとてつもない力をもっていて、それがいっそう人々の興味を引くと考えている。ルイーズが非難の嵐にさらされるなんてまったく思わないね」

そこで少し言葉に迷い、また続けた。

「きみは広報のプロだが、ぼくはジャーナリストだ。情報があればそれを読者に届けるのが仕事だ。心配するなって。ちゃんと全体を考えて動くし、そもそもルイーズが傷つくようなことはしたくない。ルイーズ、きみもそれはわかってくれてるだろ？」と言って今度は自分がルイーズを味方につけようとしたが、返事はなかった。

「正直に言うと、ぼくは最初からこの話はどこかおかしいと思っていた。そういうのにはわりと鼻が利くんだ」と少し声を落とす。「だから、本は今からやり直す。ルイーズ、このまま三人で組んでやっていこう。でも頼むからもう隠しごとはやめてくれ」

「鼻が利く？　全体を考える？」アリスがまた爆発した。「結局あなたもほかの連中と同じね。自分のことしか頭にない。あなたのいう嗅覚って無防備な女を攻撃すること？　うんざりだわ。しかもまだ隠しごとがあると疑ってるみたいに。そこまで言うなら、こっそり殺して船を沈めたのかとでも訊いたら？」

「ぼくは知らないさ。ルイーズにしかわからないことなんだから」

「この下衆《げす》！」

今度はピエール＝イヴが跳ね上がった。

「おい、侮辱はやめろよな。とにかくお互い頭を冷やそう。ルイーズ、明日電話するから、そのときゆっくり話そう。心配するなって。きみが困るようなことには絶対ならないから」

そしてコートをとり、ぽかんとする二人の女性を残してそそくさと出ていった。アリスはまたルイーズを抱き寄せた。

「こんな思いをさせられるなんてね。あいつはなんにもわかってない。何度も言うようだけど、少しは似たような経験をしたからわたしにはわかる。弟が行動に移る前に、なんとか救えたんじゃないかっていう思いが今でも頭から離れない。でも心理学者はみんな言ってるわよ。生きようとする力は分かち合えるものじゃないって。あなたとわたしにはそれがあるけど、彼らにはなかった。つらいけどそれが現実よ。明日あのへぼ記者から電話があったら、間違えちゃったって言いなさい。葬儀のあとで疲れきってたし、リュドヴィックを助けられなかったことで自分を責めてたから、あんなことをでっち上げて言っちゃったんだって。彼にはなにも立証できないし、勝手に口にするのは損だとわかってるはずだもの。あなたには名誉毀損で訴える手もあるんだから。万が一彼が危険を冒そうとしたら、そのときはわたしがあなたのために証言するから勝てるわ。はっきり言うけど、彼の本のことは忘れなさい。わたしが手伝うから、契約破棄に持ち込むのよ」

アリスはそこで大きく息を吸い、笑顔に戻った。

「あの話はもう誰にもしないと約束して。ただし精神科医は別。必要ならいつでもヴァレールが力になってくれるし、彼らの守秘義務は当てにしていいのよ。さ、約束して」

アリスは子供から約束を取りつけようとするように、ルイーズの顔を上げさせた。でもその目がうつろなのを見てどきりとした。苦しみに生気を奪われたようなぼんやりした目だった。

アリスはその目をよく知っている。三年前に嫌というほど見た、弟の目と同じだった。

ルイーズはなにもかもしくじり、台無しにし、失った。リュドヴィックを亡くし、仕事もなく、アパルトマンもなく、二人の親友は自分のせいで仲違《なかたが》いした。未来もガタガタだ。映画の件はこれで立ち消えだろうし、それどころか社会全体が敵に回り、自分を法廷に引きずり出そうとするだろう。アリスの助言も本当の解決にはならない。二人に告げたことは真実なのだから。自分を何か月も苦しめてきた真実を、もうこれ以上隠してはおけないのだから。

ホテルに戻ったのは昼前だった。ルイーズは服を脱ぎ、睡眠薬を二錠のみ、その箱をしばらく見つめ、それからテレビをつけて横になった。とりあえずテレビの映像と音があればなにも考えずにすむ。

夜のうちに北風が雲を追い払ったらしく、翌朝目覚めると空は晴れわたっていた。ルイーズは場所も時間も忘れたままぼんやりと窓の外を眺めた。しばらくすると記憶が戻ってきたが、それでも動かず、自分でもわからない〝なにか〟が来るのを待った。二羽の鳥が空を横切った。ガンのようにみえたが、パリにいるとはめずらしい。本能に導かれてどこかに渡っていくところだろうか。そのときふとひらめいて、あの鳥をまねようと思った。旅立とう。いや逃げよう。ごたごたしたものはここに残して消えてしまおう。今度こそ本当に。

そう思ったら矢も楯もたまらず、ルイーズはいきなり立ち上がり、シャワーを浴びる時間も惜しみ、服もクローゼットに残したままパソコンと携帯電話だけもってロビーに下り、即座にチェックアウトした。

通りに出て駅へ急ぐ。目的地も決まっていないのに、まるで決まっているかのような足取りで。メトロでモンルージュ、モンパルナス、そこからバスでシャルルドゴール空港へ。出発ロビーで巨大な掲示板を見上げ、四時間先までの出発便を目で追う。ルイーズは空港のこの場所が好きだ。掲示板を見ていると世界中がすぐそこに、手の届くところにあると思える。リマ？　バカンスで行こうとしたことがあったが、飛行機代が高すぎると仲間が言うのであきらめた。でも今度こそ行ってみたっていい。オークランドは？　地球の裏側だし、自分にぴったりだ。だがどちらの便も満席だった。バンクーバーとタヒチも調べたが、そちらも満席。結局グラスゴーで手を打つことにした。世界の果てとは言えないが、今はここを離れることが先決だ。いつもの山仲間三人とスコットランドの最高峰、ベン・ネビスに登ったときのことを思い出した。荒れ地が香《かぐわ》しく、頂上からは島々の山の連なりが一望できた。この時期ならあそこには猫の子一匹いないだろう。

行き先が決まった勢いで、良心の痛みを少しだけ和らげるためにメールを一斉送信した。両親、ピエール＝イヴ、アリス、そしてパリの友人たちへ。

「休養が必要なので数週間旅に出ます。インターネットも電話も通じないところに行くと思います。心配しないでください。わたしはだいじょうぶ。キスを送ります。ルイーズ」

これで全員納得してくれると思いたい。だがアリスにだけはもう一通送った。

「本当にだいじょうぶ」

十二月のグラスゴーほど陰気なところはない。いかめしく単調な建物の壁に、クリスマスの飾りが申し訳程度の黄色い光を投げている。ルイーズはぐずぐずせず、まず街なかのディベンハムズでザックと服を買うと、さっそくホテルや貸家を調べはじめた。条件はただ一つ、「とても静かなところ」。観光案内所では適当に、本を書くから一人で集中できるところがいいんですと言ってみた。

「ああ、なるほど」と窓口の職員は相槌を打った。「だったらマル島とかスカイ島はどうでしょう。感じのいい村があって、毎日フェリーが出てます。あるいはウイスキーで有名なアイラ島。インスピレーションを得るにはもってこいじゃないですか」と真顔で言う。「もっと遠く？　もっと辺鄙《へんぴ》なところがいいんですか？」

職員はいったいどんな暗い小説を書くんだという顔で首をかしげた。

「となると、ジュラ島とか？　人口二百人の小さい島で、ホテルは一軒だけです。冬にやってるかどうかもちょっと聞いてみないと……。多分インターネットもないですよ。あ、携帯電話はだいじょうぶですけど。大西洋に面した西側は険しい崖です。ヨーロッパでいちばん潮の流れが速い海峡もあって、渦を巻くんです。見ものですよ」

職員は一応宣伝に努めた。

「ケナクレイグまでバスで三時間で、そこからフェリーを二本乗り継ぎます。まずアイラ島まで、それから対岸のジュラ島のフェオリンへ」

完璧だ。ルイーズは尾行をまくようなつもりでそのルートをたどった。まず長距離バス、それからフェリー二本。たどりつくまでが面倒なところほど、殺風景で人も少なく、ルイーズの条件に近くなる。二本目のフェリーがただのコンクリートの斜面にすぎない波止場に着いたときには、ルイーズもだいぶ楽に呼吸できるようになっていた。

島に一軒きりのホテルをやっているのはテレンス夫妻で、ご主人のほうがおんぼろの四駆で波止場まで迎えにきてくれた。赤ら顔で短足だが、風が強いこの島ではちょうどよさそうだ。あいにくの土砂降りの雨のなか、車は突風にあおられて横揺れした。テレンス氏は平気な顔で、運転しながら曲がりくねった悪路について解説してくれるが、フロントガラスの曇りと雨のカーテンと日暮れのせいでほとんど見えない。

部屋は壁紙が褪せていて、ベッドカバーはかぎ針編み、机は合成樹脂で、なにもかも湿気のにおいが染みついていた。だがさすがに北国だけあって室内は暖かい。ルイーズは港に戻ってきた船員のようにザックを下ろして口を開けた。

携帯にちらりと目をやった。ピエール＝イヴはよほど焦っているのか山ほどメールを送ってきていた。両親からのもある。電話をかけまくっていることだろう。ルイーズは一通も読まずに電源を切り、パソコンと一緒にアンティークの整理戸棚にしまい、さっそくベッドにもぐり込んだ。睡眠療法が念頭にあったわけではないが、体から抜けない異常な緊張をほぐすために、ルイーズはごく自然に眠るという手段を選んだ。それははるか昔のあの日、リュドヴィックと無人島の凍った湖を見にいったときから続いている緊張だった。

ルイーズはテレンス夫妻にもほかの宿泊客にも観光案内所と同じ言い訳を使い、自分は作家で、仕事に集中したくてここに来たと言っておいた。だから時間も自由に使えた。朝は九時ごろゆっくり起きて食堂に下り、トーストと自家製のブルーベリージャム、卵のラード炒めと豆に味のないトマトソースをかけた一皿をむさぼり食い、執筆と称してすぐまた部屋に上がる。吸い寄せられるようにベッドに戻って身を丸め、羽毛布団を顎まで引っ張ってわざと大きな息をつくと心底うれしくなる。夜熟睡してもしつこい疲労はなかなか解消せず、また深い眠りに落ちる。眠っているあいだに不思議な配線工事が進んで、心にできた傷口を少しずつ治してくれるような気がした。風邪のときに睡眠が効くのと基本的には同じだ。午後一時頃、仕事に疲れたふりをしてまた食堂に下り、マヨネーズをかけた肉の冷製にかぶりつく。そのあとは雨でも風でもおかまいなく、グラスゴーで買ったパーカを羽織って外を三時間歩く。もう寒さも風も怖くない。どちらも思う存分牙をむけばいいと思うし、むしろびしょ濡れになり、吹き飛ばされそうになり、へとへとになりたいと思う。たっぷり歩いてからホテルに戻ると、テレンス夫人ご自慢の紅茶とスコーンが待っている。それからまた暖かい部屋とベッドに戻り、夕食まで昼寝をすることもある。この島でこうして暮らしているかぎり、怖いものなどない。

最初の二週間は天候や気分によって道を変えながら、時に向かい風、時に追い風のなか、海岸沿いを歩きまわった。葉の落ちた灌木《かんぼく》や枯れ草が自分の精神状態と同じにみえた。どちらも春を待っている。

小道のハリエニシダやシダ類でズボンが濡れるのも気にせず、早足で歩く。時々足を止め、鵜が翼を広げたまま、時は永遠だと言わんばかりにじっと乾くのを待っている様子や、漁船が波しぶきを上げて走る様子を眺める。風がルイーズを包み、安心させ、心の底で沈黙しているものを徐々にほぐしていく。嫌な思い出が浮かぶことがあっても、ルイーズはもう拒まない。どれほどおぞましい思い出もここでは怖くない。時には風に向かって思い出をぶちまけさえしたが、それを聞きつけて悪用する人はいない。

歩くことで肉体という機械が動くと、精神も動き出すように思えた。突風が吹きつける荒れ地で、ルイーズはクライミングのときの体と心が一つになる感覚を取り戻していった。泥のなかにひと足踏み出し、風に向かってひと息吐くたびに、思考が少しずつ刺激され、心の錆が落ちていくような気がする。捕鯨艇を修理しようとして、リュドヴィックと二人で苦労して工具を研いだことを思い出した。部屋でじっとしているだけでは、こんなふうに思考を自由に泳がせることはできない。ニューロンは筋肉のリズムとともに働くのだから。

思考と格闘せず、解き放ったことで、ルイーズは自分でも驚くほど楽になった。向かい風で目が痛くなるころに満足してホテルに戻ると、昨日よりまた少し心が軽くなったと思えた。

ある日、ようやく雲が切れたので、島の北端へ行くことにした。するとテレンス氏が車を出そうと言い、村があるクレイグハウスから渦潮で有名なコリーヴレッカン海峡までの三十五キロを乗せていってくれた。ジュラ島とその北のスカルバ島を分かつ海峡だ。

「この小道を四十五分ほど行くとバーンヒルの古い農場があるから、その先の荒れ地を突っ切って北へ行くんだ。風に気をつけろよ。飛ばされて崖から落ちることもあるからな。おれは仕事があるから一度戻るが、また四時ごろ迎えにくる」

この海峡は西側の大西洋と東側の大きな入り江状の海に挟まれているので、九ノットにもなる激しい流れが生じ、始終かきまわされている。しかもちょうど真ん中の海底に岩が隆起していて、流れはますます狭く、ますます激しくなる。天気が穏やかな日でも、ここだけは巨大な寸胴《ずんどう》鍋に湯が煮え立つように荒れる。観光案内所の職員が言ったことは本当だった。

この日は西風が強く、引き潮がそれに逆らい、容赦ない戦いが繰り広げられていた。風か潮か、海はどちらに従ったらいいかわからず右往左往している。波はあらゆる方向にはじけ、間欠泉のように噴き出し、海中の岩に当たって跳ね上がり、馬飛びでもするようにその岩を乗り越えていく。攪拌《かくはん》された海は灰色から透明な緑までさまざまに色を変えながら、黄色っぽい潮の花を押し流していく。雲間から日が差すと波しぶきで数えきれないほどの虹ができる。だがこの光景は美しいというより、獰猛《どうもう》な原初の力を思わせ、悪魔の一団が手が貸しているような気さえする。さらに恐ろしいのはすさまじいとどろき、水が噴き上げるときの鋭い音、波の唸り声で、まるで海水が、これじゃ前に進めないから大事な待ち合わせがふいになるといって怒っているように聞こえる。

とはいえ轟音のなかでかえって精神が研ぎ澄まされる瞬間もあり、ルイーズは瞑想した。ストロムネス島と同じように、ここでも自然がすべてを圧倒している。波が逆巻く崖下では、枝や葉が集まって小さな島のようになり、波にもてあそばれている。くるくる回ったり、四方八方に押されたりした挙句、ようやく岸に打ち寄せられるかと思うと、また波が来て戦場に連れ戻される。その様子はこの数か月のルイーズのようだった。波間を漂う藁《わら》くずのように、ルイーズは状況に振りまわされ、岸に上がることができなかった。そのあいだずっと、波が静まってくれないか、穏やかな流れとなって、自分を単調な日常という岸辺に運んでくれないかと願っていた。そこまで考えたところで急におかしくなって笑ってしまった。なんてつまらないたとえだろう。ルイーズは皮肉でもなんでもなく、素直に自分のことを笑った。笑うのはヒルトンコンコルドの最初の晩以来だが、ずいぶん前のことのように思える。それに、まったく同じ笑いというわけでもない。前回のは神経質な戸惑いの笑いだったが、今日のはもっと自由な安堵の笑いだ。そしてその違いこそ、自分がもう戦いの場にいないことの証しだ。誰にも知られずこの海岸にいる今、過去の戦いはもはや情景の一つでしかなくなっていた。

さすがに一日十五時間眠る日は少なくなり、空いた時間でルイーズは本を読むようになった。ホテルのロビーに背表紙がぼろぼろの文庫本が並べてあったので、そこから借りた。『ジェーン・エア』や『神秘の島』など、限られた選択肢のなかからたまたま目に留まった本を読む。読書以外には、若いころにちょっと興味があったデッサンもやってみた。テレンス氏が倉庫から粗い紙質のノートを探してきてくれたので、それを抱えて荒れ地を歩きまわった。テレンス氏のように、この島の人たちは足りないものをアイラ島や大陸から取り寄せようなどとは考えもしない。

自分がもっているもので代用するか、即席で作ってしまう。

そうしたシンプルな生き方はルイーズの助けにもなった。頭を悩ませることなく、来るものを拒まず、日常に身を任せればいいのだから、心はますます軽くなる。

テレンス夫人とおしゃべりする時間も増えた。夫人はリウマチを患っていて、暖炉を模した電気ヒーターのそばに座って患部を温めていることが多いので、そこが会話の場になる。律儀な女性で、ジョージ・オーウェルがこの島に来て『一九八四年』を書いたことをとても誇りに思っている。オーウェルはバーンヒルの農場を買うまで、このホテルで数週間過ごしたそうで、当時は奥さんの母親と義父がこの宿をやっていた。そのころまだ幼かったにもかかわらず、夫人はオーウェルのことを覚えていて、細長い顔をした陰気な人で、目が悲しげだったと言った。子供にさえ笑いかけることがなかったので、大きくなってオーウェルの恐ろしい本を読んだときも別段驚かなかったという。

「気の毒な男やもめなのさ」と母親は言っていたそうだ。「なぐさめようもありゃしない」

ルイーズは自分と同じように傷ついて、ある種の平和を求めてここにやってきたというオーウェルに共感した。

夫人もなにかを感じるのか、ルイーズについて想像をたくましくし、それを確かめようと遠回しに訊いてくる。

「お子さんは？　クリスマスに家族のところに帰らないのかい？」

そして子供がいないとわかると、失恋の痛手を癒やしにきた女性だと確信したようだ。

クリスマスにもルイーズはホテルにいた。ほかの客が一人もいなくなったおかげで、おいしいガンのローストと、さほどおいしくないクリスマスプディングをごちそうになった。それから新年までは大雪になったが、ルイーズはこれまたテレンス氏が探し出してくれた大きな長靴で散策を続けた。

「義理の娘のだ。子供たちは冬には決してやってこんのだよ。バレアレス諸島のほうがいいとさ！」

辺鄙な村のこのホテルが少しだけ賑わうのは午後五時のことで、向かいのウイスキー蒸留所の作業員が仕事を終え、一杯飲みにやってくる。少数の若い独身者だが、金曜日になると職工長や会計係といった年配者も加わる。ルイーズは彼らを見ていて、単調とはいえ気取りのない共同生活がうらやましくなった。彼らはビールを一杯飲み、続けてもう一杯飲みながら、音の一部をのみ込んだような強い訛《なま》りでその日の仕事や村のちょっとした出来事について語り合う。あるいは「ロンドンの連中」に対して不平をこぼしたり、独立派に投票するぞと誓い合ったりもする。だいたいルイーズが散歩から戻る時間と重なるので、時には招かれて話に加わることもあった。

「それで、本のほうは進んでるんですか？　次に晴れたらフェネラ岬にも行ってみるといいですよ。鹿が見れるんで……」

それ以上のことは誰も訊かない。ルイーズは「フランス人の作家」としてもうこの土地に居場所を得ているので、どこから来たのかとか、これまでなにをしていたのかとか、なにを書いているのかといったことを訊く人はいない。

エドという青年はルイーズに興味があるらしく、いつもじろじろ見る。土曜日にアイラ島の蒸留所までバイクで行こうよと誘ってきたこともある。ルイーズは、たとえゆきずりのものであっても、まだ誰かと関係を結ぶ気にはなれなかった。とはいえ恋愛についても回復の兆しが見えてきていて、少し前の夜ベッドに入ってから胸に片手をやり、もう片方を腿のあいだにそっとすべらせてみたら、ぎこちなくはあったけれど最後に快感を得ることができた。それは感情の伴わない、純粋に性的な反応でしかなかったが、ある意味では正常に戻っているとわかったわけで、それだけでも安心できた。

ある晩ルイーズは『一九八四年』を見つけてベッドに持ち込んだ。覚えている箇所もあった。たとえばネズミを使った拷問の場面だ。以前読んだときもぞっとしたが、ネズミの獰猛さを知った今となっては余計に恐ろしい。だがそれとは別に、ある箇所に強い引っかかりを感じ、思わず三回読み返した。小説のなかで主人公のウィンストン・スミスは、「ビッグ・ブラザー」に対する陰謀の首謀者と目されているエマニュエル・ゴールドスタインが書いた本を手にする。その本のなかでゴールドスタインは全体主義の党の実態を暴いている。その党のスローガンとして、ある章に次の一文が出てくるのだが、それがルイーズの血を凍らせた。「過去を制する者は未来をも制する。現在を制する者は過去をも制する」

ルイーズは動揺した。文学が直接語りかけてきて、なにかを理解するのを助けてくれるというのは初めての経験だった。作り話である小説が、こんなふうに現実と重なることがあるとは思ってもみなかった。

オーウェルは理論づけも怠らない。その社会は「ビッグ・ブラザー」が決して間違えないという前提の上に成り立っている。したがって党は、過去を現在に適合させることによって、あらゆる歴史分析、比較、再検討を避けようとする。実際にスターリンのもとでは、政治局の古い写真を修整し、強制収容所送りになった人々の姿を消すという作業が行われた。つまり党のメンバーは絶え間なく黒を白、白を黒と信じなければならないわけで、それをオーウェルは「二重思考」と呼ぶ。

過去を曲げること。それはまさしくルイーズがやりかけていたことだ。ルイーズの過去の改竄《かいざん》には確かに利点もあったが、罪状は重い。オーウェルが描いた人々のように、ルイーズも逃げたのだから。自分の悪を明示することは解放につながり、ジュラ島に来て以来着実に進んできた成熟の仕上げにもなる。要するにルイーズの悪とは二つの真実を抱えてきたことだ。そう考えればいちばんすっきりする。

起き上がって窓を開けると、凍えるような外気が吹き込んだ。一日中続いた雨が上がり、月が出て、空はどこまでも澄みわたっている。雪を背景に木立の一本一本が、その一枝一枝が、現実とは思えないほどくっきり見えている。そう、これだ。混じりけのない真実。それこそずっと求めていたものだ。

ルイーズは心に固く誓った。もう二度と自分から過去を奪ったりしない。『一九八四年』のオセアニアの市民のようには決してならない。哀れなスミスのように、二足す二の答えはいろいろあるなどと決して言いたくない。そう思ったらなんだかレジスタンス活動家にでもなったように力がわいてきた。

いつかはストロムネス島での自分の行動を説明できる日がくるのだろうか。だがたった一つの衝動について長々と注釈を加えてなんになるだろう。内観ではなにも変えられない。せいぜい悔恨にとらわれるだけだ。子供のころルイーズはヒロインを夢見たが、現実の人生はその夢を打ち砕いた。そして人間としての陰の部分がルイーズを大人にした。だからもう「おちびちゃん」ではない。

寒くて体が震えはじめた。だがルイーズは窓を開けたまま、今このときを、この特別な時間を体にも心にも刻みつけようと立ち尽くした。あるいはこのまま外に出て、バーンヒルの農場まで真夜中の巡礼に出かけようかとさえ思った。きっとあの青い鎧戸の家で、七十年の時を経て、一人の男性が手を差し伸べてくれているに違いない。

深く息を吸った。冷気で気管が痛い。でもその冷たさが体を清めてくれるような気がした。

翌日は風が強かったが、少し収まるのを待って、ルイーズはすぐにホテルを出た。五時間で一気にこの島のてっぺん、パプス・オブ・ジュラ三山の一つ、標高七百八十五メートルの黄金山《ベン・アノール》に登るつもりだ。

まず森のへりに沿って雪があまり深くないところを進んだ。じきに草原地帯に出たが、雪で道が見えない。坂がきつくなるにつれ、雪を踏み分けて進むのが難しくなってきた。だがルイーズはひるむことなく、分厚い雪のカーペットに拳を突っ込んで支えとし、膝を顎まで上げ、腹で押すようにして踏み出した。雪が長靴のなかにびっしり詰まり、袖口からも入って次第に上がってくる。こめかみのあたりが痙攣し、めまいがしたが、ルイーズは気にもかけない。むしろこの戦いが面白かった。疲れれば疲れるほど、生きる力がようやく戻ってきたと感じる。それこそが自分の強みであり、これまでずっと自分を支えてきた力だ。誰からも振り向かれない少女時代に自分を信じられたのも、大人になってから暮らしを立てる道を見つけられたのも、絶望的な状況でなんとか生き延びることができたのも、全部その力のおかげだった。この数か月のあいだ見失っていたが、ルイーズは今またその力を見いだし、言葉にならないほどの幸せを感じている。アリスが言うとおり、自分ではどうしようもない。とにかく自分はこうなのだとしか言えない。

昨夜、ルイーズは古いもめごとに一つけりをつけた。人生はまた始まる。これからもこの人生には常に苦しみや悲しみ、そして死者がつきまとうことだろう。リュドヴィックという名の傷もずっと抱えていくつもりだ。決して忘れたりしない。

這い上がるにつれて次第に開けてくる眺めを、ルイーズはゆっくり楽しんだ。とうとう最後の岩の上に出ると、ジュラ島が一望のもとに広がっていた。高みからの眺めは雄大で、力強い。右手は見渡すかぎり島が連なり、入り組んだフィヨルドと、古いカレドニア山系の紫がかった支脈が続いている。左手には緑灰色の北大西洋が広がり、砕け散る波が絶えず動く白い斑点を描いている。

ジュラ島へのささやかな逃避旅行はこれで終わりだ。これ以上ここにいる必要はない。それより急いで出発したかった。病み上がりの病人がベッドに飽きて苛立つように、ルイーズも気が急いた。早く前線に戻りたい。そして仕事を見つけ、友人を見つけ、愛を見つけたい。

山頂に腰を下ろし、バラ色と灰色に染まりはじめた島々を眺めながら、ルイーズはしっかりと自分の行く手を見つめた。背中の汗が冷えていく。無意識に腕を回して体を温める。さあ、下りよう。これがこの島での最後の山歩き。

ルイーズの未来は映画とも本とも関わりのないところで開けていくことになるだろう。現代社会の歯車は回転が速い。数か月も経てば誰もルイーズの顔を覚えていないだろうし、数年経てばストロムネス島の冒険そのものが忘れられているだろう。

ではそれまでのあいだは？　スコットランドの霧にまぎれるというのはどうだろうか。学歴が役に立つかもしれない。英語も正確に話せる。スコットランドでも会計係は必要なはずだ。石油、観光、鉱山関連を当たってみよう。会計係じゃなくてもかまわない。翻訳でもガイドでも、なんだってやる。町も選ばない。グラスゴーでもオーバンでもアバディーンでもいい。白紙状態だと思うと目が回るが、同時にわくわくしてくる。

まだ午後四時にもならないのに、早くも光が輝きを失いつつあった。ルイーズは行きに残してきた足跡を無視して、まっさらな雪の斜面を夢中で駆け下りた。

ちょうど一年前、ジェイソン号はウシュアイアを出てビーグル水道に入った。幸せに酔った二人の子供を期待の島へと連れていくために。

訳者あとがき

三十代のカップルが一年間の長期休暇をとり、ヨットで大西洋周遊の旅に出る。惰性で生きる日常から抜け出して、「これぞ人生」と思える冒険の日々を体験するためだった。ところがその途中、嵐で船を失い、思いがけず二人きりで島に閉じ込められてしまう――。現代版ロビンソン・クルーソー、舞台は南の果ての無人島。これだけでもうハラハラドキドキは約束されたようなものだ。だが南といっても南国ではなく、地球の南、南極近くの無人島となったらどうだろう。少し背筋が寒くなってきて、ハラハラドキドキに〝ゾクゾク〟も加わる予感がしないだろうか。その島はジャングルではなく、氷河に覆われていて植物があまりない。猛獣は襲ってこないが、猛烈な嵐と寒波が襲ってくる。動物もペンギンとアザラシと海鳥とネズミくらいしかいない。

実際、二人の楽しかった冒険の旅は、船を失った日を境に悪夢に変わる。まず直面するのはどこで嵐をしのぐか、どうやって暖をとるか、食べ物はどうするかといった衣食住の問題だが、それだけでは終わらない。不安と恐怖からくる緊張が続くなか、物語は思わぬ展開を見せ、むしろそこからが読みどころで目が離せなくなる。

フランス語の原題はSoudain, Seuls――突然、二人きりに――で、この「二人きり」には「文明社会からの孤立」と「一人ではなく二人」の両方の意味が込められている。現代社会にどっぷり浸かった人間が社会の座標軸を突然失ったら、科学技術を含めて社会に付属するすべてを不意に奪われたらどうなってしまうのか。また一人ではなく二人で孤立した場合、二人であることは吉と出るのか凶と出るのか。二人だから、しかも愛し合う男女だから、助け合って乗り越えていけるのだろうか。それとも……?

いわゆる冒険ものと思って読んでいくと足をすくわれる。フィクションだとわかっていながら、驚くほどリアルな展開にぞくりとさせられる。予想外の展開なのに、「なるほど、そうくるか」と納得せざるをえないのは、物語そのものは想像の産物であっても、人間の精神や本能がリアルにとらえられているからだ。亜南極海、大自然、生存の危機といったものを、身をもって知らなければ書けないのではないかと思えるリアリズム。それもそのはずで、状況は異なるとはいえ、作者はそれらをよく知っている。

イザベル・オティシエはフランスの作家であり、海洋冒険家(ソロセーラー、ヨットウーマン)であり、世界自然保護基金(WWF)フランス支部の会長でもある。一九五六年、パリ生まれで、子供のころから家族とともにヨットに乗っていた。大学で漁業学を修めたのち、水産分野の科学技術研究に従事し、教職にも就いた。だが三十一歳で自分のヨットをもち、長期休暇をとって海に出たのをきっかけに、レースにも参加したいと思うようになり、その年の大西洋横断レースを皮切りに外洋ヨットレースの世界に足を踏み入れる。やがて世界一周にも挑戦し、三十五歳で単独世界一周ヨットレース「BOCチャレンジ」に初参加して無事ゴールし、「ヨットレースで単独世界一周を達成した初の女性」としてその名を知られるようになった。以後教職を辞してレースに専念し、四十三歳まで現役を続け、何度も上位入賞を果たした。

ヨットでの世界一周航海がいかに過酷なものかは、堀江謙一をはじめとする日本の挑戦者たちの手記からもわかるとおりだが、イザベル・オティシエも二回、本格的な遭難を経験している。一回は一九九四年に二度目に挑戦した「BOCチャレンジ」でのことで、第一ステージでトップに立ったものの、第二ステージで苦戦。難所の南の海（オーストラリアの南東約千マイル）で荒れ狂う波と時速百三十キロの強風のなか、マストを失って操舵不能に陥った。オーストラリアの海事救援調整センターのすばやい対応と徹底した捜索のおかげで、四日後にオーストラリア海軍のヘリに救助されたが、その四日間イザベルはなにを考えていたのだろうか。後日、「水温の低い海域では船が沈んだら乗り手も助かりません。ですからなんとしても船を、板だけになってもひっくり返っていてもいいから浮かべておくこと、それがすべてです。そのために頭を使っていれば気力も保てるし、運命に抗ってベストを尽くしているという気になれます。あとは、なにかが起きるのを待つだけです」と発言している。

もう一回は一九九八年の「アラウンド・アローン」（「BOCチャレンジ」より改名）で、このときは第二ステージもクリアしたが、第三ステージの南太平洋でヨットが転覆し、ライバルのジョバンニ・ソルディーニに救助された。このとき助かったのは、ある意味ではその二年前の悲劇のおかげでもある。一九九六年の単独無寄港世界一周ヨットレース「ヴァンデ・グローヴ」で友人のジェリー・ルフが遭難し、イザベルは逆の立場で救助に向かったものの、助けられなかった。

そして心に痛手を負ったが、悲しむばかりではなく学びもした。ジェリーのヨットが完全にひっくり返っていたことがわかると、そうした状態から抜け出す方法を工夫し、船体後部に出入り可能な丸窓を設けるとともに、防水箱に入れた救命いかだも装備した。一九九八年にはそれが役立ち、ソルディーニの助けを待つことができたという。

現実を直視し、淡々とやるべきことをやる強さ、それがイザベル・オティシエを支えてきたのかもしれない。興味深いのは、作者が自らの遭難体験と小説中の二人の遭難の違いについて、「わたしの場合は、なにしろ危険なレースですから、事前に遭難の可能性を想定していたこと、また一人だったこと、この二点が大きく違います」と述べていることだ。つまり原題の「突然」と「二人きり」は小説の出発点として重要な要素であり、これらを起点に作者が想像を膨らませていったのだとわかる。

その後レースは引退したが、セーリングは続け、二〇〇一年にはこの小説の舞台のモデルとなったサウスジョージア島付近を二か月かけて回っている。二〇〇二年以降は科学プロジェクトの一環として北極海と南極にも複数回遠征している。一方、以前から関心のあった環境問題に取り組み、二〇〇九年にWWFフランスの会長に就任。また一九九六年以降執筆活動も続けていて、海洋やセーリングに関する著書はもちろんのこと、小説も三作発表し（二〇一五年刊の『孤島の祈り』が三作目）、いずれも高い評価を得ている。二〇〇〇年にレジオンドヌール勲章シュヴァリエ、二〇〇八年にはレジオンドヌール勲章オフィシエに叙せられた。（ちなみに、WWFフランスの会長として「自然保護の先頭に立ちながら、ペンギンを食べる小説なんか書いちゃっていいんですか？」と冗談で突っ込まれ、「もちろんわたしは食べたことなんかないわよ。保護対象の種ですからね」と笑いながら答えている）

一貫して海と向き合いながら、多方面で活躍するイザベル・オティシエだが、その活動の原動力は「好奇心」だそうだ。好奇心がなければ外洋に乗り出すことも、レースに参加することもなかった。本を書きはじめたのも同じことだという。「いつでも扉を開けてその向こうを見たいと思うのよ。文学もそう」。好奇心は知識を求めるが、イザベルにとって知識を得ることはかなり能動的かつクリエイティブな活動なのだろう。「わたしにとって海は情熱ですが、知識でもあります。自然を支配する法則を見つけること、それは自然に敬意を払うと同時に、自然のなかで自分の自由を築くことに通じます」と述べている。またその好奇心は人間と社会にも向けられている。「本を書くのは分かち合いや投げかけのためで、わたしたち全員（つまり社会）に共通するものを理解したいからです。わたしが書いたものを読んだ誰かが、そこからなにかを得てくれるとしたら、それはなにかしら共通するものがあるからでしょう？」

その意味では『孤島の祈り』も一つの投げかけだが、かなり重い投げかけである。ここでは物語の詳細に触れたくないので具体的には書けないが、「個々人の生きる力とはなにか」から、「人類が抱える根本的な矛盾とは」まで、さまざまな問題について考えさせられてしまう。結局のところ、自然と向き合うとき、人は人である自分自身と向き合わざるをえないからかもしれない。

なお、小説の舞台の「ストロムネス島」は架空の島である。モデルになっているのは南大西洋にあるサウスジョージア島で、古い捕鯨基地が残されているところやキングペンギンの繁殖地があるところは小説と同じだが、無人島ではない。この島の港の一つがストロムネスという。
訳出に当たっては迷う点が多く、編集に当たられた集英社文芸編集部の佐藤香氏に大いに助けていただいた。どうにかまとめることができたのは佐藤氏のおかげであり、心より感謝申し上げたい。

二〇一七年十一月

橘　明美

イザベル・オティシエ　Isabelle Autissier

1956年パリ生まれの海洋冒険家、作家。90～91年、世界一周ヨットレースの最高峰『BOCチャレンジ』（現『5オーシャンズ』）で7位、同時に女性で初めてレースにおける単独ヨット世界一周を果たす。その後も科学調査や環境保全活動など様々な分野で活躍し、功績を認められてレジオンドヌール勲章オフィシエを受勲。現在はWWFフランスの会長も務めている。またエッセイや小説、自伝などを執筆し、本書は3作目の小説にあたる。
海上で2度の遭難経験がある。

橘 明美（たちばな・あけみ）

1958年東京生まれ、お茶の水女子大学文教育学部卒業。英語・フランス語翻訳家。訳書に、ピエール・ルメートル『その女アレックス』（文春文庫）及び同シリーズ、ジョエル・ディケール『ハリー・クバート事件』上・下（創元推理文庫）など多数。

装画／黒坂麻衣
装丁／田中久子

Isabelle AUTISSIER : "SOUDAIN, SEULS"

孤島《ことう》の祈《いの》り

2018 年 2 月 10 日　第 1 刷発行

著　者　イザベル・オティシエ
訳　者　橘《たちばな》 明美《あけみ》
発行者　村田登志江
発行所　株式会社集英社
〒 101-8050　東京都千代田区一ツ橋 2-5-10
電話　03-3230-6100（編集部）
03-3230-6080（読者係）
03-3230-6393（販売部）書店専用
印刷所　凸版印刷株式会社
製本所　株式会社ブックアート

ISBN978-4-08-773492-8 C0097

定価はカバーに表示してあります。